DES AVEUX

Gonzague La Tour de Mossart

avec la collaboration de

Brigitte Canuel

DES AVEUX

Chronique d'une enfance homo

Albin Michel

22, rue Huyghens, 75014 Paris

www.albin-michel.fr

ISBN 2-226-13360-7

À l'homme que j'aime...
À l'homme que j'aime aussi...

« Deviens ce que tu es. »

Nietzsche

« Ce qu'on te reproche, cultive-le, c'est toi. »

Jean Cocteau

Avant-propos

Janvier 2000. Ce mercredi après-midi, nous bavardons tranquillement, une de mes cousines et moi, autour d'une tasse de thé. Mais ni le courant, ni les petits fours ne passent. Je sens que sa gorge est nouée. Je lui demande des nouvelles de Gonzague, le dernier de ses trois enfants. Celui pour qui elle se fait du souci. Depuis quelques années, il accumule les ennuis de santé, adopte des comportements et fait des choix qu'elle ne comprend pas.

« Maintenant je sais, me dit-elle en fondant en larmes. Gonzague est homosexuel. C'est moi la coupable, je suis sa mère, c'est moi qui lui ai donné ça », continue-t-elle sans s'arrêter de pleurer. « Ça », comme une maladie héréditaire, ou « ça », comme une mauvaise éducation. Ma cousine est au cœur de la problématique maternelle : la culpabilité.

— Tu ne t'en étais pas doutée ? Tu ne t'étais jamais posé la question ?

— Si... mais non. Mais comment ne l'ai-je pas vu ? J'aurais pu faire quelque chose !

Elle découvre un fils étranger, différent, presque inquiétant, et pourtant si cher à son cœur. Je la sens dans la confusion, le désespoir et un besoin urgent de s'informer et de comprendre.

— Toi qui t'intéresses à tout cela, tu ne voudrais pas déjeuner avec Gonzague et parler avec lui ? finit-elle par me demander, deux paquets de Kleenex plus tard.

Sa confiance me touche énormément, et, en même temps, cette idée de déjeuner me paraît dérisoire, comme si je pouvais changer quoi que ce soit. Elle voudrait tellement savoir d'où « ça » vient... Elle pense que je poserai les bonnes questions.

— Ne te culpabilise pas, tu n'as rien « donné » ou « raté ». Une mère ne transmet pas une différence, elle donne la vie. Et puis, quels sont les éléments qui portent un homme ou une femme à désirer et à aimer une personne du même sexe ? Tout ce qu'on sait, c'est que la société attend un homme et une femme se complétant le plus simplement du monde, psychiquement et sexuellement, pour assurer la pérennité de l'espèce et garantir la stabilité familiale.

Gonzague défie ces lois sociales et familiales. Il brise le projet parental. Il ne présentera pas une future épouse à ses parents et ne leur offrira pas les petits-enfants tant désirés. Sans parler des lois morales qui soudent, certes, une société, mais avant tout une famille, surtout si elle est croyante et pratiquante. L'idée de l'homosexuel, malade ou pervers, a la vie dure — voilà que Gonzague s'inscrit parmi eux !

Je connais un peu ce « petit cousin » que j'ai rencontré dans des réunions de famille. La dernière fois, c'était il y a trois ans. Je me souviens d'un jeune homme très maigre et très timide. C'est tout.

Rendez-vous est pris dans un restaurant japonais du Quartier latin, la semaine suivante.

Gonzague, surpris, se demande ce que cette cousine lui veut. Mais, peu à peu, des goûts communs se font jour dans la conversation. L'échange s'installe. Rétrospectivement, il se souvient m'avoir raconté une anecdote. Depuis l'hôpital où il était alors en stage, il téléphonait chaque jour à sa mère. Une infirmière lui fit cette réflexion : « Eh bien, toi, tu n'as vraiment pas coupé le cordon ombilical ! » Je saisis cette occasion : « C'est intéressant, cette remarque. Tu n'aurais pas envie d'en dire un peu plus sur le sujet ? d'écrire peut-être ? » Il me répond laconiquement : « Pourquoi pas », ce qui signifit — je le comprendrai par la suite en apprenant à le connaître : « Je dois y réfléchir. » Gonzague, en effet, aime réfléchir, préciser, vérifier.

Pour l'instant, il ne voulait pas raconter sa vie ; il était seulement prêt à répondre à mes questions. Notre aventure commune commençait. Plusieurs fois, les années précédentes, j'avais été sollicitée par des amis gays qui avaient besoin et envie de raconter leur parcours, mais pas un seul projet ne s'était concrétisé. Maintenant, Gonzague était là. Son envie de parler rejoignait celle que j'avais d'écrire sur cette question. Le sujet, pour nous, était simple : pourquoi un enfant qui découvre son homosexualité doit-il le vivre aussi douloureusement ? pourrait-il en être autrement ? Cependant, Gonzague ne voulait pas d'une biographie. Il pensait que son discours, noyé dans l'affectif, serait incompris. Il souhaitait ma neutralité, mes questions, avait envie que nous racontions ensemble son histoire. Petit à petit, libéré, allégé, apaisé, il livra un témoignage profond et émouvant.

La forme du dialogue nous paraissait donc évidente. J'avais proposé qu'une hétéro interroge un homo pour essayer de comprendre. Comprendre est en effet le désir légitime de tous les parents à qui un enfant annonce son homosexualité. Nous voulions que ce livre soit une véritable main tendue vers ces parents qui découvrent un jour que leur enfant est différent.

Comprendre est également le désir légitime de ces enfants qui se torturent pour ne rien montrer, en s'empêchant de grandir, et parfois de vivre. À ceux-ci nous voulions offrir un espace de parole où ils se sentiraient moins seuls.

Comprendre est enfin le désir légitime de tous ceux pour qui l'homosexualité est au pis un sujet de dégoût, au mieux d'interrogations multiples. Comment leur dire, à tous ces hétéros, que les homos peuvent être heureux et que leur bonheur ne se fait pas à leurs dépens ?

Parler ne fut pourtant pas si facile, et même parfois très douloureux. À partir de septembre 2000, semaine après semaine, week-end après week-end, assise devant mon ordinateur, Gonzague à côté de moi ou arpentant à grandes enjambées mon appartement, j'interrogeais, il essayait de se souvenir. Très idéaliste, et d'une honnêteté intellectuelle intraitable, il ne voulait en aucune façon « arranger, réduire ou grossir » tel ou tel fait vécu. Nous avions à cœur de toujours essayer de cerner son histoire personnelle avant de la mettre en perspective avec son contexte familial, scolaire et social.

Les chapitres s'écrivaient, peu à peu. La découverte, la peur, la construction de soi sur des repères négatifs, et la vie, quand même, jusqu'à la décision de vivre son homosexualité, de rencontrer d'autres homos et d'en parler à ses parents. L'accouchement a été douloureux, mais a, je l'espère, renforcé l'appétit de vivre qui habite aujourd'hui Gonzague. Nos discussions sur la « nature » des homosexuels ont été riches, intenses, parfois très vives.

Puis il est apparu que, malgré ma proposition de départ et le souhait de Gonzague, son propos perdait de sa force sous la forme d'un dialogue. Il a fallu transformer un livre à deux voix en un témoignage à la première personne. Je me suis attachée à effacer mes questions. Gonzague, qui ne voulait pas d'une biographie, et qui ne veut surtout pas que ce livre soit lu comme un énième *coming out*, a patiemment reconstruit l'histoire, celle que nous avions démêlée ensemble, son histoire, en respectant le plus fidèlement possible la première mouture. Pourtant ce texte reste celui accouché par deux auteurs. Sans l'un, ou l'autre, il n'aurait pu voir le jour. Seul le dernier chapitre, une discussion autour de l'homosexualité, a été conservé sous la forme d'un dialogue.

Quand un jeune adulte de vingt-cinq ans décide de vivre son homosexualité, le combat avec soi-même est peut-être atténué, mais le combat avec les autres commence. Gonzague tenait à dire qu'il n'était ni malade, ni pervers, ni immoral. Et que l'on ne peut dénier aux homosexuels le droit d'aimer. Ce sont des hommes et des femmes qui, outre le fait qu'ils ont comme chacun de nous des désirs sexuels et des besoins de tendresse, aiment la lecture, la musique ou la mer. Le problème n'est plus à proprement parler l'homosexualité, mais l'homophobie. Même si la société a évolué, les clichés et les attitudes ont la vie dure. L'Histoire, la grande, de l'enfermement en hôpital psychiatrique au P.A.C.S., en passant par le triangle rose, révèle que l'histoire de la compréhension entre hétéros et homos est longue et cruelle, et que rien n'est jamais acquis. Aujourd'hui, dans ce monde individualiste qui est le nôtre, la question essentielle demeure : comment vivre et être heureux, chacun et ensemble ?

Brigitte Canuel

1

La découverte

Le milieu

Le nom que je porte suffit pour beaucoup à me ranger dans une catégorie forcément catholique, coincée, d'extrême droite et raciste. Je n'inventerai pas une naissance dans un milieu ultra-simple, débordant d'ouverture, limite baba cool, mais ma famille n'illustrait pas non plus l'intolérance et l'extrémisme. Mon milieu réunit des individus tranquillisés par un entourage à leur image, isolés au sein d'une bulle protectrice et rassurante. Ils se ressemblent et se rassemblent non entre aristocrates mais entre membres de « bonne famille », comme si, en dehors d'eux, il en existait des mauvaises.

Aucun manuel ne donnera jamais les formules magiques de l'éducation réussie. Les parents nourris de leur propre instruction, de leurs valeurs et de leurs croyances, de leur passé et des modèles qui s'y rattachent, tentent d'accompagner au mieux leur enfant sur les chemins de l'existence. Ainsi mes parents nous dispensèrent-ils un apprentissage classique mais ouvert, de telle sorte que nous puissions nous trouver à l'aise en tous lieux. Ma mère prônait une éducation passe-partout, imaginant une passerelle évidente entre la table de la reine d'Angleterre et le sandwich rillettes aux côtés d'un chevrier du Larzac. En nous transmettant ces codes, elle pensait ceux des autres évidents. Dans cet esprit, certaines expressions provoquaient comme de l'urticaire. Le jeune hérétique qui osait « aller au coiffeur » ou citer « la copine à Machin » déclenchait des sonnettes d'alarme, créait un malaise et devait réintégrer le rang au plus vite sous peine de décevoir. De même lorsque, enfant, au cours du repas, je disposais mes couverts de chaque côté de l'assiette, plutôt qu'au centre, fusait des « ça ne se fait pas » ou des « ça fait prol », une sentence qui résonnait comme un absolu, une référence inaliénable au savoir-vivre. Les prolétaires représentaient le reste de la société, simple ou moins simple, riche ou moins riche, mais n'ayant pas reçu la même éducation que nous.

Notre noyau familial baignait cependant dans un environnement « anti-tout » qui injectait insidieusement son aura d'exclusion dans toutes les sphères du quotidien. Aucune attaque directe, mais plutôt une mise à distance froide et définitive. Par exemple, le racisme ne nous concernait pas puisque nous n'insultions pas les Noirs. En revanche, l'« aberration » d'un mariage mixte s'expliquait aisément par les difficultés imposées aux futurs petits métis. De même, nous n'évoquions jamais l'antisémitisme, mais l'utilisation du mot « juif » pour désigner l'égoïsme d'un camarade ne soulevait en nous aucun effroi. L'horreur de l'expression ne nous venait même pas à l'esprit. L'homophobie n'existait pas davantage, pourtant les blagues sur les pédés entraînaient des rires incontrôlables et, dans une soirée mondaine, les déguisements de folles tordues garantissaient le succès.

Évidemment, cet humour n'appartient pas exclusivement à la bourgeoisie. Derrière les plaisanteries se cachent souvent un vide affreux, une méconnaissance totale de l'homosexualité. De l'humour, vraiment ? Nous ne côtoyions aucun homosexuel, en tout cas déclaré, pas plus que de Noirs, de juifs ou d'Arabes. J'entendais régulièrement des propos affreux mais je ne disposais pas des ressources nécessaires pour les mettre à l'écart. Certains camarades évoquaient le danger constitué par les « Nègres » en France, une vieille tante associait sida et homos, proposant d'incendier la maison d'une voisine morte de cette maladie ; une autre évoquait la nécessité de « nettoyer » une plage fréquentée par des pédés ou l'argent que l'on gaspillait pour les « ratons ». Je restais dans l'ignorance et la peur.

Ce milieu m'apparaissait comme séparé d'avec la réalité. Les gens n'étaient pas plus mauvais, les blagues ou les comportements plus racistes qu'ailleurs, mais simplement nous manquions d'une possibilité de nous confronter à nos critiques. Le manque de curiosité, la prétention intellectuelle associée à la certitude de détenir l'unique vérité créaient un cocktail détonant. À la faculté, des points de vue divergents sur Dieu envenimaient la conversation. Par exemple, l'un de mes camarades, catholique, de milieu dit « plus modeste » que le mien, reconnaissait la légitimité d'autres dieux ou d'autres façons de le désigner dans les différentes religions. L'autre, très représentatif de mon environnement social, déclarait : « On ne peut pas affirmer une chose pareille en étant chrétien. Il n'y a qu'une seule vérité, qu'un seul Dieu, c'est le nôtre. Tu ne peux prétendre être chrétien en pensant qu'il existe plusieurs vérités. »

Dans ce milieu extrême, mais pas extrémiste, nous

trônions au sommet de la pyramide sociale, observateurs d'un monde inférieur. Les autres n'étaient pas rejetés mais comparés à nous qui étions mieux. Leur rêve nous semblait limpide, ils voulaient atteindre cette condition sublime dans laquelle nous avions la chance de vivre.

Sous Louis XIV, j'aurais effectivement préféré naître noble et riche que serf soumis à l'impôt. Aujourd'hui, la noblesse ne signifie plus grand-chose, ne fait plus rêver personne si ce n'est une certaine bourgeoisie en manque de particule, celle qui m'invitait dans ses soirées pour mon nom pioché dans le bottin mondain !

Enfant, je ressentais cet héritage familial davantage comme un handicap que comme une chance car il était chargé d'un tas de fantasmes et d'à priori. Avec mon nom à rallonge, je véhiculais forcément le cliché « vieille France intolérante ». Pourtant, je me considérais plutôt comme un bourgeois à particule. Aucun château à l'horizon, aucun domestique dévoué. Aucun seigneur oisif partagé entre ses parties de chasse et la dilapidation d'une fortune colossale. Les vestiges de mon éducation fanée s'exprimaient dans le vouvoiement des parents, le respect de certaines valeurs et la messe le dimanche, mais certainement pas dans la participation aux manifestations de l'extrême droite ! Je naviguais dans une situation intermédiaire, entre des stéréotypes extrêmes : d'un côté, j'étais infréquentable parce que snob et intolérant ; et, de l'autre, très recommandable parce que forcément propre sur moi et bien élevé.

Mon homosexualité me catapulta en dehors des normes sociales, fit de moi un satellite gravitant autour de ce microcosme qui me correspondait si peu. Je me rendis compte rapidement que mon environnement ne s'arrêtait pas à la messe du dimanche, que nous n'étions pas le nombril du monde, mais une toute petite minorité sur la planète. Depuis tout petit, j'avais la sensation d'être un touriste dans le zoo de la société. Tout d'un coup, mon parcours se résuma aux quatre coins de la cage dans laquelle j'étais enfermé, et ce sont les autres qui me regardaient avec curiosité.

Obsédé par la sexualité qui grandissait en moi, je ne pensais pas énormément. Les convictions et les discussions familiales épurées de toute agressivité explicite me suffisaient. Mes parents désiraient respecter l'enfant et surtout le temps de l'enfance, et ne voulaient pas nous faire subir de la propagande trop jeunes. Ils ne nous censuraient pas, mais n'abordaient pas avec nous des sujets d'histoire, de politique ou de société. Ils pensaient nous protéger de la violence sociale en nous isolant dans une bulle d'innocence. D'une certaine manière, ce dont on ne parlait pas n'existait pas et un contrat familial tacite nous unissait : nous respections les conversations des adultes, qui en retour respectaient nos silences !

Ils oubliaient combien les enfants sont des éponges, ressentant avec acuité leur entourage, les conversations inachevées, les conflits cachés, le contenu latent de l'existence. Le fonctionnement de pensée propre à cet âge nous paraît souvent négligeable. Pourtant, de ces secrets et de ces non-dits sourdent les fantasmes, c'est-à-dire une adaptation à la réalité incomprise, génératrice d'angoisse, de culpabilités et finalement de souffrance. Un enfant n'est pas trop petit pour comprendre. Il a besoin d'explications adaptées dans un lieu suffisamment rassurant, loin des réprimandes et des moqueries, pour exprimer ses incertitudes. Peu importe que sa perception soit bizarre, tant qu'elle lui permet de donner du sens à ce qui l'inquiète.

Elle avait beau ne pas être déclarée, je ressentais l'homophobie inconsciente de mes proches et un cercle vicieux de silence contraint se mit en place. Mes parents m'enseignèrent des valeurs de savoir-vivre et de véritables repères de vie qui, malheureusement, mêlés à mes obsessions naissantes, eurent pour effet de m'inhiber totalement. Je ne fis pas n'importe quoi mais peut-être passai-je à côté de moi-même. Leur idée de l'homosexualité correspondait à une vision chrétienne, soit une déviance, voire une perversion. Ils n'abordaient guère ce sujet et, par leur silence, en faisaient quelque chose non seulement d'abstrait, mais d'inexistant. Cette réalité n'avait pas plus corps pour eux que pour moi. Je ressentais juste une attirance forte mais trouble, précise mais sans nom, pour les hommes, avec l'impression de plus en plus insupportable d'être sur terre le seul à vivre cette différence. Inconsciemment, je m'étais approprié tous les à priori de mon entourage. Les homos habitaient « la cage aux folles », pas moi.

Un soir, nous commencions à dîner lorsque mon père rentra du travail encore choqué par la vision d'effroi à laquelle il avait été confronté dans l'après-midi. « J'ai vu quelque chose d'horrible », nous dit-il. Il lui fallut plusieurs minutes, malgré notre insistance, pour nous faire partager son expérience. « J'ai vu dans le métro un homme qui embrassait un autre homme. » Après un temps de surprise, nous éclatâmes tous de rire. Notre réaction surprit et même déçut mon père. Aucune discussion ne découla de cette anecdote. L'échange tourna court. En revanche, une homophobie prégnante jalonna mon parcours. Petit, par fainéantise et pour mieux rêver, j'aimais m'asseoir sur le trône des toilettes. Mon père me le reprochait en me traitant de tapette : « Pisse comme un homme au lieu de te conduire comme une fille », ajoutait-il. Dans mon esprit, les signes de masculinité ne résidaient pas seulement dans l'arrosage du siège, les rots ou les pets. Plus tard, mon frère prit le relais dans l'apprentissage de ma virilité. Il riait de ma « voix de tapette » et m'ordonnait de cesser ces intonations lyriques pourtant involontaires qui accompagnèrent ma mue. Ces réflexions m'humiliaient car elles mettaient à nu l'homosexualité que je m'évertuais à cacher. Elles me rappelaient mon « anormalité » et toute l'agressivité qui s'y rattachait. Elles signifiaient indubitablement mon appartenance au camp ennemi. Pour mieux me défendre, je cadenassais progressivement tout affect. Désormais, l'essentiel serait tu, et par là même ne serait plus. Je me protégeais de la réaction de mes parents, et je les protégeais de la réaction du reste du monde.

Premiers émois

« Est-ce que tu le sais depuis longtemps ? » Cette question revint sans cesse lorsque je dévoilai mon homosexualité. Je sentais qu'on attendait une réponse précise, comme si une date, un événement m'avait permis de basculer d'un état à un autre. En réalité, si je la verbalisai vers dix-onze ans, je l'avais ressentie bien antérieurement. En posant un mot sur mes émois, je transformai ma vie en un problème épineux. Il ne surgit pas dans ma tête comme un lapin d'un chapeau mais chemina progressivement, par étapes successives, jusqu'au moment où cela m'apparut comme une évidence abjecte.

Certains ne découvrent pas leur homosexualité mais vivent leur désir manifeste dans la simplicité naïve des amours de jeunesse. D'autres, au surmoi despotique, refoulent leurs désirs dans les profondeurs tortueuses de leur inconscient d'où ils surgissent un jour à l'occasion d'un événement révélateur, d'une rencontre, d'un coup de foudre. Pour ma part, mon attirance pour les garçons ne resta pas longtemps tapie dans un recoin de ma cervelle. Très tôt, elle se promena librement dans ma conscience, jouissant d'une immunité incompréhensible. Elle prit le contrôle de mes sens et peut-être même de mon essence. Elle me squatta, si bien que j'eus l'impression de naître avec.

En fouillant ma mémoire, mes premiers désirs sexuels naquirent vers huit-neuf ans, prolongeant une période où en moi existait déjà la sensation d'une différence. Au cours élémentaire mes camarades se moquaient de moi à la récréation. Ils criaient : « Gonzague gonzesse ! » Quand je compris la signification de l'insulte, je me sentis humilié, car ils m'identifiaient à une fille et déjà je savais cette association possible. Je craignais confusément que mon physique trahît une problématique pourtant mal identifiée, la découverte d'une chose me concernant que je ne connaissais pas encore. À l'époque, j'adorais me déguiser, pas spécialement en fille, et aucun signe extérieur de féminité ne suscitait un tel rapprochement. Les autres enfants ne me traitaient pas de sale gonzesse mais unissaient juste des consonances, s'amusaient du jeu de mots. Pourtant, leurs moqueries réveillèrent en moi une première forme de culpabilité, un indicible sentiment de faute. Pour un petit garçon, se faire traiter de fille demeure violent ; c'est une remise en question de sa virilité en herbe. Mon problème se situait ailleurs. Je réagissais de façon étrange, comme si un noyau homosexuel originel grandissait progressivement en moi avec mon éveil intellectuel. Il s'était toujours trouvé là, au creux de mes entrailles, trop embryonnaire pour s'exprimer, pourtant déjà suffisant pour bouleverser mes perceptions et suggérer l'effroi. La culpabilité précéda, semble-t-il, ma découverte de l'homosexualité.

La légende familiale de cette époque fait état de ma tendresse pour une petite fille noire que je ne me rappelle absolument pas. Mes souvenirs sont tout autres, dans la continuité de mes bizarreries primitives. Ils touchent mon affection pour deux petits garçons et la tristesse de les quitter du fait d'un prochain déménagement. Je ressentais pour eux des sentiments complexes. Il ne s'agissait pas encore de désir mais plus tout à fait d'amitié. Dans cette confusion des émotions, les filles représentaient une entité annexe, absente du marbre de ma mémoire.

Pour mes six ans, ma mère organisa un goûter d'anniversaire. Je ne me souviens que de trois enfants, les deux fameux gamins et une fille. L'image des garçons est sans aucun doute liée à une notion de plaisir mais pas celle de la fille. Elle ne suscitait pas particulièrement d'agressivité en moi, plutôt de l'indifférence. En revanche, les garçons m'intéressaient au-delà de leur compagnie. Peut-être ces sensations sont-elles le fruit d'une construction réactualisée, d'une histoire revisitée par un homme à la sexualité plus affirmée ; pourtant, les peurs émanant de ces désirs naissants façonnèrent mon cheminement. Je ne pus les inventer a posteriori car elles s'intégrèrent dans un flot de douleur ininterrompu jusqu'à ces dernières années.

À huit ans, je ne souffrais pas encore de mon attirance pour les garçons. L'expression de ma sexualité remonte à un fait bien précis, écrit plus tard dans un cahier : « Nous étions en cour de récréation en C.M.1, quand soudain un camarade me renversa sur la pelouse et continua son jeu par des coups de reins. À l'époque, fort naïf, je ne compris rien à ce qu'il faisait sinon que cela me faisait du bien. Curieux, j'osai tout de même lui demander quelques explications. “C'est une pénétration, rétorqua-t-il de sa voix de jouvenceau. C'est ce que la femme fait à son mari”, reprit-il en comprenant mon ignorance. »

Curieusement, cet événement se déroula en pleine cour de récréation, au beau milieu de l'après-midi, sous les yeux d'une multitude de témoins. Il ne me procura aucune gêne et je me laissai faire sans la sensation de vivre une situation interdite. Ce n'était pas encore le temps des secrets pour moi, mais mon comportement n'exprimait pas non plus un exhibitionnisme effréné ; simplement, la sphère sexuelle, probablement impudique, car non encore culpabilisée me laissait une grande latitude d'expérimentation. Non seulement cette situation ne me mit pas mal à l'aise vis-à-vis des autres, mais elle ne me perturba pas intérieurement. Mon éducation religieuse ne me censurait pas encore et j'ignorais la possibilité du péché dans l'approche innocente de mes sens.

Ce souvenir constitue probablement un moment fondateur dans l'histoire de ma sexualité. Plusieurs années après, quand je m'interrogerai sur la genèse de mon homosexualité et ses possibilités de guérison, je buterai chaque fois sur cet événement comme sur mon premier souvenir d'expérience sexuelle. À dix-huit ans, quand j'écrivais ce texte, mon analyse inquisitoriale jugeait l'événement comme le signe de mœurs corrompues. Il ne m'intéressait pas de savoir que les faits n'étaient pas grand-chose. Pour moi, l'enfant de huit ans que j'étais ne pouvait être que coupable d'une faute gravissime. Je bannissais cette relation homosexuelle primitive responsable de tous mes maux à venir. Dans ma colère, je déformais l'explication du petit camarade en décrivant la pénétration comme une action effectuée par la femme à son mari. Je fixais ma mémoire sur un souvenir anodin et laissais échapper ce curieux lapsus. Mon esprit adolescent, aliéné par la peur d'un autre en soi, bouillonnait d'une complexité qui aurait fait jubiler n'importe quel psychanalyste. Aujourd'hui encore, je me souviens de cet après-midi printanier, et aucun autre souvenir ne le précède. Mémoire sélective, oubli inconscient ou peut-être plus simplement réalité de mon histoire.

Le texte du cahier se poursuivait ainsi : « De cette même année, un souvenir me revient. Peu importe son prénom, c'était le caïd des primaires. Ce beau brin sortait avec une splendide fille. Rouler des gadins à huit ans, il y a de quoi te retirer à tout jamais la candeur de cet âge. Eh bien, là encore, ce ne fut pas la fille qui retint mon attention, ce fut le garçon ! »

Apparemment, il n'y eut pas d'évolution dans mes attirances, ni même de période ambiguë. Les garçons me faisaient frissonner, faisaient battre mon cœur et, au-delà des relations, des complémentarités et même des sexes, ils réveillaient en moi d'emblée des émotions inconnues, une conception personnelle de la beauté. Ils me transportaient malgré moi dans un bonheur angoissant.

Finalement, il est souvent plus séduisant de rechercher les causes de l'homosexualité non dans l'attrait pour les hommes mais dans le rejet des femmes. Dans cette perspective, les relations avec ma mère et avec ma sœur semblent privilégiées pour expliquer mes orientations.

Claire, en tant qu'aînée, endossa rapidement le rôle de mini-mère, de baby-sitter et de petit chef. Mes parents souvent retenus par leurs professions respectives donnaient à ma sœur la charge de nous garder. Elle prenait sa mission à cœur et mettait un point d'honneur à parfaire par la même occasion notre éducation. Lors des repas elle réprimandait mes bêtises par un bon tacle sous la table. Je dus aussi subir ses interminables leçons d'anglais. Elle l'apprenait, il fallait donc que je l'apprenne aussi. Une seule et unique phrase me reste de son enseignement inoubliable : « *Two children have caused an accident with their bicycles.* » Elle nous ramenait de l'école avec mon frère, préparait nos goûters, nous faisait travailler et nous enseignait l'art de changer les couches des poupées. Lors de mes chagrins inconsolables, je me réfugiais dans son lit pour un gros câlin. De la pratique à la théorie, le pas reste à franchir et une construction psychanalytique pourrait facilement s'élaborer : évidemment, ma sœur aurait endossé à la fois le rôle de mère surprotectrice couvant son enfant jusqu'à l'étouffer, et un rôle d'amante attirant son frère dans le lit incestueux ; garçon inhibé par ma sœur-mère et déçu par ma sœur-amante, castré par l'une et écœuré par l'autre, je serais tout naturellement devenu homosexuel. Notre relation peut s'appréhender plus simplement par notre différence d'âge. Cinq ans nous séparent. Avec le recul, notre relation m'apparaît tout à fait banale et affectueuse, conforme à l'attachement d'une grande sœur maternante pour son petit frère. Elle ne passait pas tout son temps sur mon dos et je savais que je pouvais compter sur elle pour rassurer mes angoisses. Je la retrouvais dans son lit dans cette optique : pour qu'elle m'apaise, par proximité affective, et non par érotisme ou par ambiguïté. J'imagine mal aujourd'hui un enfant remettre en question son orientation amoureuse du seul fait de l'affection d'une fratrie. L'argument incestueux n'est pas assez nourri dans ma biographie.

Il existe un tabou sur les liens mère-fils qui rend l'abord de ce thème difficile. Je me trouve à la fois le mieux et le moins bien placé, au cœur même du rapport mais sans recul évident. Je ne crains aucune révélation perverse d'une relation caricaturale. Pas de mère vampirisante, général d'infanterie, donnant le sein à son grand dadais de quinze ans. Pas non plus de mère absente, alcoolique mondaine qui laisse la girafe Sophie comme seule baby-sitter d'un nourrisson de deux mois. Il est si facile de comprendre l'homosexualité comme le produit d'une interaction familiale et de pointer un doigt accusateur vers les mères qui n'ont pas su faire de leurs fils de vrais hommes.

Ma famille, très classique, était unie par des relations assez simples. Le seul fait marquant résidait dans le sentiment que l'amour maternel n'était, à mes yeux, jamais acquis. Je ne pensais pas que ma mère ne m'aimait pas. Elle ne m'aimait jamais assez. Autant l'affection paternelle me semblait évidente, autant celle de ma mère ne l'était pas. Ainsi, je ne supportais aucune opposition à elle, que par ailleurs je m'efforçais de séduire. Pour cette raison je prenais toujours son parti dans les conflits et si mon père choisissait noir, ma mère rouge, j'optais immédiatement pour le rouge.

Les psychanalystes proposent quatre explications de l'homosexualité, de ses racines, évidemment inconscientes, mais sur lesquelles il me paraît légitime de réfléchir.

1. Je pourrais tout d'abord souffrir d'un « complexe de castration ». Le petit garçon qui a trop désiré sa mère a peur d'une castration punitive. Il ne peut plus alors se tourner vers les filles qui risqueraient de

réveiller cet odieux complexe. Je ne pense pas avoir trop aimé ma mère ou avoir eu peur de trop l'aimer. Je cherchais à la conquérir comme tout petit garçon mû par sa possessivité. Effectivement, si mon père débordait d'une affection démonstrative, ma mère beaucoup moins. La mère parfaite n'existe pas. Les femmes peuvent avoir un instinct maternel très développé, mais préférer certaines périodes de l'évolution de leurs enfants. Pour les unes, ce sera les nourrissons et elles multiplieront les bébés pour avoir de beaux poupons plein le salon. D'autres s'attacheront à la petite enfance, au plaisir d'expliquer le pourquoi du comment à un bambin qui ne jure que par pipi-caca et qui confond les grottes de Lascaux avec les tapisseries du salon. D'autres encore s'extasieront devant leurs ados boutonneux qui claquent des bulles en littérature comme avec leurs chewing-gums, et à qui il faudra préciser qu'un joint est une rondelle en plastique et non un cône rempli d'herbe. Bref, ma mère, je crois, préférait l'adolescence. Lorsque j'étais petit, elle ne me donna donc pas l'attention de chaque instant que je revendiquais. Tous les enfants dont la mère ne fut pas hyper-affectueuse dans la petite enfance deviennent-ils homos pour autant ? Je n'en suis pas sûr.

2. Mon « complexe d'Œdipe » se serait mal résolu. Normalement, le petit garçon amoureux de sa mère voit dans son père un rival ; puis, comme il connaît le tabou de l'inceste, il se tourne tout naturellement vers les autres filles. Mais voilà. Ma mère trop dominante aurait effacé mon père qui n'aurait plus alors constitué un obstacle. Ou encore, plus simplement, elle m'aurait préféré à mon père. Dès lors, je me serais orienté vers les garçons et d'autant plus facilement

qu'ils me détournaient du tabou de l'inceste et de l'angoisse de castration. Là encore, le schéma ne s'applique pas à ma famille. Si j'avais senti ma mère m'aimer plus que son mari, je ne me serais certainement pas fatigué à la séduire, puisque son amour m'aurait paru évident. De plus, ma mère n'est pas une matrone dominant un mari serpillière, mais plutôt une maîtresse de maison composant avec un mari limite macho.

3. J'aurais eu recours à une « formation réactionnelle ». À l'image de l'amour passionnel pour ma mère, ma jalousie envers mon père aurait été démesurée, violente, voire quasi meurtrière. Il n'y aurait plus eu d'identification possible. Toute cette haine envers mon père, je l'aurais alors transformée, grâce à une « formation réactionnelle », en amour... à l'adresse de tous les autres hommes. Déjà, je ne pense pas que l'amour pour ma mère ait été surdimensionné. De plus, j'ai beau fouiller dans ma mémoire, je ne retrouve pas de conflits avec mon père autres que ceux concernant le quotidien. Enfin, la seule haine que j'ai ressentie est celle de moi-même, la haine de mon homosexualité.

4. Je me serais identifié à ma mère plutôt qu'à mon père. La forte pulsion sexuelle que j'aurais ressentie m'aurait fixé sur elle. Je serais alors devenu mon propre objet sexuel et, par narcissisme, j'aurais recherché des garçons qui me ressemblaient pour les aimer comme ma mère m'avait aimé. Si cela avait été le cas, je me serais senti mère moi-même et donc femme, ce qui n'est pas le cas. De plus, j'aurais recherché un garçon qui me ressemble, ce qui n'est pas le cas non plus.

Les relations mère-fils ont toujours été mises en

avant dans l'étude de l'homosexualité. Je veux bien me demander si mon étape œdipienne fut plus importante que pour d'autres et si le petit garçon que j'étais n'avait pas pour sa maman un amour déraisonnable. Mais ce dernier n'était-il pas tout simplement la conséquence d'une sensibilité très forte, voire d'une homosexualité déjà présente ? Est-ce une cause ? Une conséquence ? Je ne suis même pas sûr qu'il y ait une relation entre les deux.

Enfin, il me reste très peu de souvenirs d'enfant. En effet, préoccupé très tôt par ce problème d'homosexualité et obsédé de le cacher du mieux possible, je n'avais ni le temps de beaucoup penser, ni même celui de m'investir dans la dynamique familiale. De l'extérieur, j'apparaissais comme un petit garçon jovial, mais j'étais tellement polarisé sur ma vie intérieure que les événements familiaux me glissaient vite dessus. J'ignore donc l'origine de mon désir. Il se clarifia en se focalisant sur les garçons, et cette conscience de plus en plus précise de mon homosexualité associée à l'homophobie latente me fit basculer dans la culpabilité.

Toutes les petites expériences qui jalonnent une enfance, comme les jeux de touche-pipi avec les cousins l'été, ou les parties de zizis avec les louveteaux sous la tente pendant les camps, se vivent habituellement naïvement, car elles s'intègrent dans des étapes de découverte mutuelle des deux sexes. Je les ai vécues dans la culpabilité et, très vite, dans la peur. La notion de péché, de plus en plus présente dans ma vie, retira rapidement à tous ces jeux leur caractère ingénu. Je recherchais volontairement et exclusivement le plaisir avec des garçons.

La peur

Les enfants découvrent le plaisir avant la sexualité. Dans la multiplicité de leurs expériences, ils vivent indifféremment des histoires avec des garçons qu'avec des filles. L'enfance constitue une société de petits malfrats innocents qui transgressent tranquillement les interdits imposés par la société des adultes. Non seulement ils jouent à touche-pipi à droite et à gauche, mais ils décuplent leur plaisir en le racontant.

N'échappant pas à ces lois, je multipliais moi aussi les expériences. D'une nature timide, je n'allais pas spontanément vers les autres, mais à plusieurs reprises ils vinrent à moi. Je me retrouvais dans des intrigues entre petits garçons, banales à un âge où les liaisons faciles dépassent les genres, mais étrangement exclusives dans leur caractère homosexué.

Une exception confirme la règle. Un été, je passais mes vacances à la campagne chez mes grands-parents. Il faisait chaud. Comme d'habitude les enfants se retrouvaient entre eux derrière la grange. Ce jour-là, mon frère dirigeait les opérations : cousins et voisins formaient un cercle. L'un des participants devait tourner au centre, les yeux fermés et le bras tendu, puis s'arrêter brusquement pour désigner la fille à embrasser derrière les fourrés. Mon frère débuta le jeu. Il tourna, tricha, et pointa la voisine qu'il draguait depuis le début de l'été. Puis ce fut mon tour. Je tournais sans regarder et paf, je m'arrêtai le doigt dirigé vers ma cousine. Quelle horreur, devoir embrasser une fille ! Pas du tout. Je m'exécutai sans difficulté, mais sans éprouver de réel plaisir en l'embrassant. En revanche, au fond de moi, j'enrageai de ne pas être tombé sur le voisin, mon « presque amant ».

Quelques jours auparavant en effet, nous nous baignions tous dans sa piscine. Lorsque les autres furent partis, il me proposa un baiser sur la bouche, sous l'eau, une vraie source de délectation. Dans cet effleurement naïf, nous goûtions à une sensation agréable, partagions son effet, si bien qu'aucun de nous deux ne voulait en rompre le charme. J'ignore la sexualité de cet ami, qui à l'époque connaissait les mêmes effusions avec de petites filles. Pourtant, un décalage s'immisçait entre nous. Au-delà du plaisir, mais pas encore dans l'amour, existe le désir. Il ne s'agissait plus uniquement de se faire du bien, mais aussi d'en garder le souvenir, de le regretter et de mourir à l'idée que ses lèvres puissent à un moment quitter les miennes. Ce baiser marqua pour moi un début de relation amoureuse. Je doute qu'il ait ressenti la même chose. Cependant, nous devions éprouver en commun la sensation troublante de franchir une étape de notre construction sexuelle.

Comme Françoise Dolto dans son *Complexe du homard,* on pourrait penser que ce baiser entre garçons s'intègre dans une étape d'ambivalence sexuelle banale chez l'enfant ou l'adolescent, à considérer comme un relais sur les chemins de l'orientation sexuelle, pour ne pas dire hétérosexuelle. Certains enfants, futurs hétéros, remplissent leurs valises de souvenirs avant de reprendre leur route. D'autres, homos comme moi, déballent leurs affaires pour s'y installer définitivement. L'homosexualité s'explique alors, selon les psys, par un arrêt du développement sexuel « normal ». On pourrait tout autant se demander si l'hétérosexualité, l'homosexualité et la bisexualité ne sont pas toutes les trois des orientations sexuelles abouties, aucune n'étant un ratage de l'autre. Ainsi, l'ambivalence sexuelle ne présagerait pas des orientations futures, mais serait propre au temps de l'enfance, une période imperméable à la morale, aux codes sociaux, à la censure. Un vaste champ d'exploration des sensualités, où les garnements s'épanouissent dans des galipettes libertines, loin des à priori hétérosexistes.

Chez les enfants, toute expérience s'arbore fièrement comme un nouveau trophée. Pourtant, si les bisous avec les filles se relatent avantageusement, on ne se vante jamais de ceux avec les garçons. En embrassant un garçon dans une piscine, je ne transgressais pas seulement un interdit de la société des adultes, mais sans doute aussi un interdit de la société des enfants. N'ayant remporté que des médailles avec des garçons, je ne pouvais donc pas partager ce que je vivais avec les autres.

Le silence commençait.

Je ne racontai pas plus l'épisode de ma cousine car il transgressait également le tabou de l'inceste. À huit-neuf ans, cette notion m'était évidemment étrangère. Malgré l'ambiguïté de certains jeux, l'enfance s'accompagne en général d'une certaine innocence et les tabous ne revêtent ni la signification ni l'importance qu'ils ont pour les adultes. Ainsi, les garçons embrassent leur cousine sans inceste et s'amusent indifféremment avec les deux sexes sans bisexualité. Néanmoins, la sensation précoce d'une différence me projeta dans le rôle d'un mini-adulte. Encore incapable de poser des mots sur des interdits, j'en pressentais pourtant toute la gravité. Plus tard, je me remémorerais ce souvenir comme un acte incestueux, odieux, et la culpabilité persisterait longtemps. Bizarrement, ma seule expérience hétéro-érotique naïve justifiait que je me sente infâme.

Certains découvrent leur attirance pour les hommes à l'âge adulte, et le mensonge devient progressivement impossible. D'autres acceptent librement leur désir dès l'adolescence et ses premiers flirts. Pour moi, cela remonte à l'enfance, juste après la découverte du plaisir et avec une montée en puissance sur plusieurs années de la culpabilité et de la peur.

Un enfant, au cœur d'un conflit qu'il ne maîtrise pas, endure la violence extérieure sans pouvoir s'en défendre. Tiraillé entre deux forces contraires, il doit pour survivre développer une maturité telle qu'il se transforme en petit adulte. Ma douleur fut d'avoir des yeux d'adulte dans un corps d'enfant. Par cette conscience précoce et inadaptée, je pressentais anormalement toute la gravité de la société. Se sentir différent constitue dans la plupart des cas un conflit pénible. L'être se remet injustement en cause quand il s'agit en réalité du paraître et de la difficulté d'imposer sa singularité dans un monde hostile. Les gamins mûrissent plus vite sur les champs de bataille que dans les champs de blé. Question de survie. Pour ma part, mes attirances masculines ne constituèrent pas une violence contre moi-même, mais je ressentais cette particularité dans un environnement menaçant car homophobe. J'ai parfois l'impression que mon enfance m'a été volée.

Petit garçon, j'évoluais extérieurement comme les autres et de façon sans doute plus privilégiée. Je traversais l'existence normale d'un enfant qui ne souffrait pas d'agressions directes contre lui. Une réalité, pourtant, me sautait aux yeux : l'environnement dans lequel je vivais n'aimait pas ce que j'étais. Je ressentais une haine qui ne m'était pas directement adressée, et rapidement j'éprouvai des sentiments d'adulte, pas très différents de ceux des enfants, mais juste mis à nu, débarrassés de leur habit d'innocence. Au-delà de la simple transgression d'un interdit, cet amour me faisait basculer du côté du Mal. Je me sentais aussi responsable du désir éprouvé pour les garçons que du péché accompli. Progressivement, je devenais coupable de tout et bientôt je mutai dans la peau d'un truand craignant à chaque instant d'être démasqué, et coupable d'un crime ignoble : aimer les garçons. À l'époque, je pensais être un danger et être en danger.

Si mes souvenirs ressurgissent avec un certain flou, je les ressens en revanche de manière très précise, fidèles à la réalité de mon histoire. Je souffrais et dans ma tête se mettait en place un ensemble de défenses et de systèmes tordus. À mes parents, je refusais d'imposer un monstre en puissance au sein de la famille. Pour moi-même, je savais que la découverte, pas encore de l'homosexualité, mais d'une simple homophilie, suffirait à provoquer mon lynchage. Je mourais de trouille et j'avais la trouille de mourir.

Des mots vinrent progressivement se poser sur ces sensations inconnues qui me dépassaient. Cela ne se produisit pas du jour au lendemain, et ce d'autant moins que nous ne connaissions aucun gay et que je n'entendis jamais le terme homosexuel prononcé durant mon enfance. Vers dix ans, je commençais à discerner vaguement le sujet à travers des blagues et des insultes de cour de récréation : « Sale pédé » très tôt suivi du fameux « gros enculé ». Je me souviens également d'une discussion familiale sur l'origine de l'expression « pédé comme un phoque », les théories passionnantes sur l'animal pervers ou la voile du bateau soufflée par-derrière, les rires surtout.

Le rapprochement entre les discours extérieurs et mon propre cas s'établit en deux ans. À dix ans, je ressentais mon homosexualité, une différence accompagnée d'une malédiction confuse. À onze ans, j'en étais certain. Mes idées se clarifiaient et je me reconnaissais dans les conversations sur le sujet. Le choc fut violent, insupportable, et je l'adoucis en me réfugiant derrière le mot « homophile ».

Je ne me disais pas : « Gonzague, tu es homosexuel », ni même : « Gonzague, tu es en train de tomber amoureux des garçons », mais plutôt : « Au secours ! j'éprouve du désir pour des garçons ! » Je n'échappais évidemment pas aux nombreux clichés de mon environnement homophobe, considérant l'amour entre hommes impossible : une relation sexuelle bestiale entre deux pervers. Je rabaissais donc ce que j'éprouvais, y voyant uniquement une pulsion malsaine. Ne m'identifiant pas aux caricatures d'homosexuels, je préférais me dire que j'étais homophile, réduisant ainsi mes désirs à une attirance platonique pour les hommes. Cette expression « soft », et très hypocrite, me permit de survivre et de me cacher pendant toutes les années qui suivirent.

À cet âge, un autre système de défense consista aussi à sélectionner des faits marquants de ma vie. Minimiser ceux qui étaient importants et établir ma culpabilité sur d'autres plus anecdotiques. Ainsi, l'évocation du baiser dans la piscine produisait en moi des bouffées d'angoisse et à contrario j'occultais longtemps des souvenirs pourtant plus frappants : un soir, sous la tente, lors d'un camp scout, je partageais l'intimité d'un de mes camarades. Une fois les autres louveteaux endormis, il me raconta en détail son expérience sexuelle avec une copine. Ce récit finit sans doute par nous exciter tous les deux car l'échange fut mutuel. Nous glissâmes l'un sur l'autre, laissant libre cours à nos sensualités, du plaisir à la jouissance, et si nos sacs de couchage nous séparaient, j'associais ce moment à une vraie relation sexuelle et même homosexuelle. Pourtant, très vite j'oubliai cette histoire, ou plutôt je la refoulai. Mon inconscient devait faire son travail pour évacuer l'événement et dégonfler sa force de culpabilisation.

Parler d'amour physique ici peut sembler exagéré, tout comme élaborer un scénario d'horreur à partir de faits aussi minimes. Finalement, où se trouvait la gravité dans mes expériences ? Aux yeux de certains, je n'apparaîtrai que comme un fils à papa, à l'homosexualité probablement éphémère, embrassant gaiement un garçon dans un délire aquatique. Comment des expériences aussi naïves pourraient-elles perturber un enfant, dans une société tolérante où les gays ne risquent plus les geôles de la République ? Après tout, je n'étais pas un enfant de la guerre, pas plus un handicapé physique et je ne fus même pas battu par mes parents. Alors, de quel droit exhiberais-je une part de malheur ?

Je ne cherche pas à sombrer dans le prosélytisme ou dans le misérabilisme, pourtant toutes ces situations de détresse humaine ont un dénominateur commun : la haine de l'homme contre l'homme. C'est un constat, pas un jugement. Cette haine transforma ma vie et je ne devins pas le garçon que j'aurais pu être.

Pas question ici de justifier mes défaites, mes erreurs ou mes échecs par le simple fait de mon orientation sexuelle. Pas question d'imputer à l'homosexualité toutes les difficultés de l'enfance. La découverte de la sexualité peut mal se vivre quelles que soient ses orientations. Je voudrais juste mettre en lumière cette haine, celle qui fit naître en moi une peur traumatique qui ne me lâcha plus à aucun instant.

Pour mieux se représenter mes conditions de vie, il suffit d'imaginer un conducteur qui ne pourrait jamais s'arrêter, sous peine d'aller dans le décor. De même, je contrôlais seconde après seconde mon image renvoyée aux autres. Je verrouillais tous mes sens. Quelqu'un me faisait sentir une fleur, je ne m'extasiais pas de son parfum par peur de trahir une marque de féminité. Un beau garçon traversait la cour, je ne le fixais qu'une fraction de seconde, craignant de croiser son regard et de divulguer ainsi mon attirance pour lui. Cet exercice me frustrait énormément. Si j'entendais des conversations ou des moqueries sur les « pédés », j'en rajoutais dix tonnes pour bien montrer mon appartenance au camp adverse.

Un camarade en pension subissait des moqueries en raison de son apparence efféminée. Peu de choses le distinguaient des autres élèves. Sa grande taille le rendait mal à l'aise, une grande mèche blonde lui barrait le visage, il préférait les souliers vernis aux baskets, mais surtout sa voie chantonnait dans les aigus et, comble de l'horreur, ses résultats en sport dépassaient en médiocrité ceux des filles. Je n'osais pas le fréquenter, persuadé de l'association inévitable qui s'opérerait dans la tête de mes camarades. Si mes goûts alimentaires avaient risqué de me trahir, je serais à coup sûr resté vigilant ! Quant au toucher, le sens le plus difficile à surveiller pour moi, il frustrait mon affectivité au-delà du supportable. Je ne le contrôlais que davantage. Plus tard, un ami prêtre résumera cette organisation physique et psychique par cette phrase : « T'es complètement verrouillé. »

Mon expression corporelle se limitait volontairement au strict minimum et je m'imposais un régime gestuel comme d'autres un régime diététique. L'accolade m'était proscrite, la mêlée au foot acceptée avec modération et seulement si tout le monde la partageait. Les embrassades chaleureuses sur les stades montrées à la télévision représentaient pour moi un danger vital. Il ne me restait que la poignée de main franche et virile... Ne pas déclarer mon amour à un garçon allait encore, les paroles sont plus faciles à maîtriser que les gestes, mais je ne m'autorisais même pas à poser une main amicale sur une épaule. Pour ne pas me trahir, je me surveillais en permanence. Je retenais constamment des larmes qui coulaient à flots dès que j'étais seul.

Comme je me privais volontairement de toute la sensualité banale du quotidien, je n'en ressentais que plus fort le caractère vital. Je m'égarais bien au-delà des frontières d'une sexualité mal vécue. Je refusais en bloc toute marque d'affection, parce qu'en m'en octroyant une, j'imaginais impossible de ne pas les accepter toutes. Je m'emprisonnais sans vraiment le comprendre dans une véritable « anorexie affective ». Comme l'anorexique alimentaire choisit de ne rien manger par peur de ne pas contrôler sa boulimie, je préférais ne rien accepter plutôt que de sélectionner les gestes possibles de ceux qui ne l'étaient pas. Il n'était pas question une seule seconde de prendre le risque de vivre mon homosexualité de petit garçon.

Mes relations avec mon père s'intégraient dans ce curieux processus. Je refusais la tendresse qu'il me prodiguait. Mon père manifestait son tempérament très affectueux davantage par des gestes que par des paroles. Ainsi, quand il voulait me prendre dans ses bras, je le repoussais systématiquement, prétextant : « Je ne suis pas une poupée. » Avec le temps, cela devint quasiment un réflexe. Dès qu'une personne m'approchait, je reculais de quinze mètres. Je ne rejetais pas mon père, je réagissais ainsi pour vivre le moins douloureusement possible. Je n'acceptais que les câlins de ma mère, pourtant moins démonstrative. Pendant vingt ans, elle fut ma principale source d'affection tactile.

Je m'enfermais dans un monde, refusant tout contact avec l'extérieur, à l'image d'un enfant autiste. Ma famille me considérait parfois comme un garçon un peu étrange, avec une sensibilité exacerbée, une maturité précoce, teintée d'un idéalisme impressionnant. À douze ans, je lisais Freud ou Sartre et mes parents trouvaient cela curieux. *Les Mots* me traumatisèrent. Découvrant ce gamin analysant ses relations avec son père froidement, sans affect, je me disais, dans mon hyper-contrôle : « Comme moi, il est dingue. Nous sommes deux monstres qui traversons la vie de façon détachée sans exprimer nos émotions. » Je culpabilisais doublement, car en plus de ma sexualité déviante je n'avais pas de cœur. Ma monstruosité creusait également son lit dans mon incapacité à exprimer mes sentiments. Ainsi, aux enterrements, je m'en voulais de faire semblant d'être triste, alors que je n'avais plus de place pour éprouver de la compassion pour d'autres que moi. Je m'efforçais de faire comme tout le monde, une fois encore. Ma famille, riche de fortes personnalités, ne s'étonnait pas outre mesure de mes bizarreries. Ils me considéraient comme un original de plus. En revanche, à l'école, mes comportements semblaient parfois étranges et l'entourage me le faisait sentir. Je devais alors exercer un contrôle inverse, lâcher légèrement la bride et jouer avec les rênes de ma sensibilité, mais toujours de façon très contrôlée. Je bridais mon affectivité dans les deux sens.

Dans cette maîtrise totale, je refusais de donner mais aussi de recevoir. Ma sensibilité à fleur de peau me faisait pencher sur un versant paranoïaque. Un camarade oubliait de me saluer ? Je l'interprétais évidemment comme une méchanceté volontaire pour punir une faute hypothétique de ma part. Quelqu'un se moquait gentiment de moi ? Je le prenais très au sérieux et me livrais alors pendant des heures à une introspection pour tenter de comprendre sa réflexion. Suivant l'importance de l'événement, il m'arrivait même de fondre en larmes : en classe de quatrième, je partageais un pupitre avec un élève qui remuait sans arrêt pendant les cours. Il s'amusait de me voir contrarié et, face à mon inertie, continuait de plus belle. Le professeur, après plusieurs remarques, m'ordonna de prendre sa place à son bureau pour m'isoler de ce camarade ennuyeux. Me voilà sur l'estrade, concentré, stoïque, pour ne rien exprimer, mais dès la sonnerie, je me ruai hors de la classe pour éclater en sanglots. Encore une fois je m'étais tu. Je ne pouvais rien dire parce que je n'existais pas. Je ne supportais pas d'être mis en valeur. Me défendre revenait à me positionner sur le devant de la scène et donc à m'exposer au risque d'être démasqué. Or je passais mon temps à me cacher.

L'homosexualité était devenue une véritable obsession. Plus exactement, la cacher remplissait toute ma vie et parasitait mon système de pensée dans son ensemble. Les sentiments banals comme l'orgueil, la fierté ou l'ambition, je n'avais pas le temps de les exploiter. Je travaillais à temps complet à être transparent aux yeux des autres. Je ne me défendais pas, même si la situation m'insupportait, car l'humiliation subie ne me mettait pas en danger d'être découvert. La pudeur n'entrait pas en ligne de compte et j'acceptais facilement la honte si celle-ci servait mon camouflage. En revanche, me retrouver au bureau du professeur, face aux autres élèves, ne pouvait pas m'exposer plus. La pression était trop forte, mes larmes débordaient.

Les parents ne peuvent être coupables de ne pas voir la souffrance d'un enfant. L'enfant, qui pour des yeux extérieurs semble mener une vie normale, privilégiée et joyeuse, peut aussi cacher au fond de lui une énorme masse de souffrances, la maîtriser parfaitement et la dissimuler. Je racontais en permanence le contraire de ce que je ressentais. Je jouais ma vie sur une scène de théâtre, et plus ma douleur était aiguë, plus mon jeu était précis. Finalement, plus je souffrais, moins on pouvait le remarquer...

Je n'en rajoute pas. Si autour de moi personne ne comprit ma douleur, elle était bien présente. En la racontant, je la minimise. Les souvenirs atténués par le temps me demandent des efforts pour resurgir, mais je sais qu'ils étaient beaucoup plus importants quand je les vivais. Aujourd'hui où j'ai cessé de me compliquer la vie, j'ai presque l'impression de grossir la réalité et de devoir relativiser en disant : « Non, ce n'était pas si grave. » Il n'empêche qu'à la fin de chaque journée, je me demandais si j'avais bien caché mon homosexualité, si personne ne m'en voulait et je me mettais à pleurer en me croyant seul au monde.

Pour mieux vivre, je mis en place une double personnalité. Une partie de moi se détacha pour surveiller l'autre dans une angoisse terrible, de chaque seconde. Tout mouvement d'yeux ou de bouche faisait l'objet d'une étude minutieuse pour essayer d'anticiper la réaction de l'entourage. Acceptable de temps en temps, cela devient épuisant quand il s'agit de tous les instants.

Pour respirer, j'avais mes trucs à moi : pleurer le soir, me nourrir de la sexualité des autres ou tenter des incursions dans la norme hétéro.

Après une journée passée à me nier, le soir je me retrouvais enfin. Dans le noir, se cacher devenait inutile et je pouvais pleurer librement. Avec les larmes s'évacuait mon angoisse. J'existais de nouveau, je respirais. La nuit servait de bouffée d'oxygène après la journée en apnée. Je me sentais en permanence psychologiquement épuisé, et régulièrement il m'arrivait pour récupérer de me coucher plus tôt ou de rechercher un isolement physique en m'enfermant dans les toilettes pendant la journée. Je préférais la solitude car, au milieu des autres, je ressentais l'isolement qui m'enfermait dans une bulle de mensonge obligé et censurait ma spontanéité. Je jouais dans la grande pièce intitulée *Être hétérosexuel, et surtout être dans la norme.* En tant que comédien, je tenais un rôle précis et il n'était pas question de casser le texte en racontant ma vraie vie. Quand je me retrouvais enfin seul, la représentation cessait, le rideau tombait, je pouvais enfin me démaquiller et souffler !

Mon rôle favori consistait à servir de sexologue à tous mes copains. Je les poussais à me confier leur intimité afin de mieux camoufler la mienne. Chaque fois le même scénario se répétait : je créais un climat de confiance suffisant pour les amener à se livrer tout en leur laissant l'illusion d'être les initiateurs de leurs propres confidences. Leur sexualité m'intéressait beaucoup car je me nourrissais d'expériences que par ailleurs je m'interdisais. Quand un garçon me racontait ses histoires de couple, je me délectais en m'imaginant... à la place de la fille ! De plus, ces échanges m'offraient une véritable éducation sexuelle. Je posais librement des questions jamais abordées dans les conversations familiales. Enfin, je caressais le secret espoir de rencontrer un camarade avec un désir identique au mien. Malgré tout, je m'en gardais aussi. D'un côté j'espérais vraiment rencontrer l'amour mais, parallèlement, une telle hypothèse me terrorisant d'avance, je me rapprochais de garçons masculins jusqu'à la caricature et précoces dans l'expression de leur sexualité, bref de mecs qui ne pensaient qu'à « ça ».

J'essayais évidemment de les copier ! À douze ans, les garçons obsédés de sexe, fanas de journaux pornos, rivaient leurs yeux sur les seins naissants des filles et salivaient à l'idée d'explorer leur intimité. Ils créaient un climat machiste qui m'empêchait de rester enfermé dans ma tour d'ivoire et de nier la gent féminine. Le danger venait souvent de l'action, et parfois aussi de l'inaction. Si je voulais garder une certaine image et ne pas me trahir, il me fallait sortir avec des filles. L'idée ne me déplaisait pas. Elle ne m'attirait pas non plus, mais en leur compagnie la pièce me semblait moins dure à jouer. Enfin admis dans la norme, je baissais l'intensité du contrôle. Au bras d'une fille, je pouvais mettre la main sur l'épaule d'un garçon. Elle me servait tristement de couverture ! Malheureusement, l'amour et le plaisir absents au rendez-vous, les tentatives prenaient des allures de comédie.

Ma première expérience ne dura qu'un soir. Floriane s'intéressait à moi. Ses cheveux blonds ondulés, ses joues roses et ses yeux océan lui donnaient l'aspect d'une poupée de chiffon. Plusieurs élèves jouèrent les entremetteurs et me poussèrent finalement dans ses bras. Le baiser inaugural de notre relation était planifié et devait se passer le soir, dans une salle de classe, en présence d'autres couples en herbe. Éviter le cadre privé m'arrangeait, car le but de la manœuvre résidait dans la démonstration, aux autres mais surtout à moi-même, de ma normalité. L'événement eut lieu sous les applaudissements des joyeux témoins. Ensuite, je me séparai d'elle de manière peu élégante en salissant sa réputation. Je racontai à tout le monde qu'elle bavait. La pauvre n'était pas en cause, mais notre baiser ne m'avait pas plu, et même dégoûté. Je refusais d'éprouver du plaisir dans une activité forcée. La sensation me rebutait par son caractère obligatoire.

Cette anecdote met-elle en lumière une nouvelle cause de mon homosexualité ? Mon premier baiser féminin m'ayant écœuré, je refusais à tout jamais de réitérer l'expérience et me tournais définitivement vers les mâles ? J'en doute. Tout d'abord, mon attirance pour les garçons avait pris racine à une période bien antérieure à cette expérience. J'étais un spermatozoïde homosexuel ou je le devins dans mes premières années. De toute manière, ma jeune camarade arrivait trop tard pour influencer mon orientation sexuelle, elle la confirma tout au plus ! Par ailleurs, si le baiser me dégoûta avec une fille, probablement en aurait-il été de même avec un garçon. En fait, plus simplement, j'avais fait quelque chose dont je n'avais pas envie et je ne voulais pas continuer. « Que va dire mon entourage, il ne sort que pour un soir, il n'aime pas les filles. » Imaginant cette possible réaction, je mis en scène ma rupture pour ne pas entacher de suspicion mon retour au célibat : j'utilisai l'événement pour m'offrir une image hétérosexuelle positive. Mon stratagème fonctionna à merveille, les autres se moquèrent de la fille. La belle me sauva provisoirement, sa déchéance me fit briller.

L'année suivante, rebelote, je dus à nouveau sortir avec une fille. La pression s'accentuait car le célibat avait mauvaise presse parmi les élèves. Chacun devait se choisir une compagne ou au moins fantasmer sur l'une d'entre elles. La proximité imposée par la pension rendait obligatoire la compétition entre petits mecs. Le shit et les magazines pornos circulaient de plus en plus et créaient une atmosphère machiste oppressante. Il fallait sans cesse prouver sa masculinité, toujours remise en question. Il devenait urgent pour moi de rentrer dans ce moule et d'alimenter mon image hétéro. Sonia était assez jolie, avec de beaux yeux verts et une poitrine très développée pour son âge. Ma deuxième, et dernière aventure féminine, dura un mois. La contrainte devait être forte, la preuve, absolue. Par la suite, cette relation me servit comme référence d'une ébauche de couple ! À treize ans, Sonia exigeait évidemment des relations dans un cadre privé. L'expérience m'excitait, plus que la fille. Je ne trouvais rien à lui raconter, je m'ennuyais. Nous traversions la cour en silence, main dans la main, et une seule idée occupait mon esprit, retrouver mes copains. Sa compagnie très agréable ne me suffisait pas, il me manquait l'émotion, l'émoi, ou tout simplement le désir. Sans doute devait-elle s'ennuyer elle aussi, car elle me quitta. Par la suite, j'appris qu'elle avait été très troublée par notre relation limitée au strict baiser. Elle n'avait pas compris pourquoi je ne m'étais pas rué sur ses seins comme tous les autres garçons.

Au risque de décevoir, même les seins ne me rendaient pas sensible, et d'ailleurs rien n'a changé. Ils ne m'inspiraient pas de dégoût, ils m'indifféraient totalement et je ne trouvais pas en eux une source de plaisir. Du reste, je ne réalisai l'importance de la poitrine de Sonia que bien après notre rupture, grâce aux évocations envieuses de mes camarades.

Mon état d'esprit complexe, torturé, tentait de trouver des moyens pour supporter ce quotidien qui se déroulait sur un fond douloureux. Pour en sortir, j'inventais parfois des stratagèmes, mais leur exploitation me plaçait dans une situation de souffrance accrue. Comme un sado-maso, pour obtenir un peu de plaisir, je devais passer par un peu plus de douleur. Quelle que soit la situation, je faisais tout et son contraire, prisonnier d'une dualité constante. J'espérais tomber sur un petit homo mais je choisissais des copains qui ne pouvaient pas l'être. Je tentais des incursions dans la norme, mais par le biais de filles qui ne m'inspiraient rien. Enchaîné, je n'avançais plus. J'étais un petit garçon sensible souffrant de sa différence avec les autres, bloqué dans des situations extrêmes où la douleur se décuplait.

J'aurais pu éviter ce théâtralisme, ne pas m'imposer une anorexie affective, offrir une image timide et réservée sans pour autant chercher à me fondre dans le décor. Après tout, je ne trahissais rien en me taisant. Malheureusement, un besoin absolu de relations avec les autres me compliquait la vie. Je ne supportais pas la solitude. Cette soif de communication constituait un danger car elle me transposait au cœur des rapports humains et donc de ses tensions. Or les conflits me terrorisaient. Ils me mettaient en grande difficulté et je n'envisageais donc pas de les laisser entrer dans ma vie. Très tôt, j'ai fui toute ébauche de discorde. Vers sept ans, à la messe paroissiale un dimanche, j'aperçus une troupe de louveteaux. J'interrogeai mon père sur ces gamins en béret et en culotte courte. Celui-ci m'expliqua avec passion le scoutisme, les valeurs qu'il incarnait et s'émut de ses nombreux souvenirs. Cette année-là, j'entrai moi aussi aux Louveteaux unitaires de France. Sans savoir pourquoi, je m'y plus moyennement. Je ne m'y amusais pas mais j'entretenais l'illusion, pour plaire à mes parents. Je n'arrivais pas à m'opposer à eux ni à imposer mon opinion, comme si elle allait créer un conflit dont je ne pourrais assumer les conséquences.

À la même période, nous allions de nouveau déménager. Juste avant l'état des lieux, ma mère renversa une bouteille de mercurochrome sur une tapisserie. En arrivant de l'école, toute la famille me tomba dessus et m'accusa du délit. Je restai devant eux tétanisé. J'essayai un timide « Ce n'est pas moi », qui déboucha très vite sur un énorme sanglot, suivi d'un passage aux aveux : « Je suis désolé, c'est moi, je suis désolé. » Mes parents, interloqués, mirent immédiatement fin à la plaisanterie qu'ils avaient préparée : « Mais non, ce n'est pas toi, c'est nous, c'était une blague, tu n'as pas à t'excuser ! » Moi, je ne ris pas. Je ne cherchai même pas à me défendre. J'acceptais l'injustice ou l'humiliation pourvu qu'elles m'évitassent le conflit.

Mon incapacité à m'opposer provenait aussi de ma timidité : les enfants n'évoluent pas forcément en rebelles. Mais au-delà de mon tempérament pacifiste, une inquiétude plus profonde se dessinait. Lorsqu'une relation devient conflictuelle, les mots se chargent de passion, les pulsions prennent la place des sentiments. La conversation se déplace du rationnel à l'affectif, beaucoup plus difficile à contrôler. Si les hommes n'aiment pas le conflit, ils ne l'évitent pas, car il leur permet d'obtenir ce pour quoi ils se battent. Comme nous aimons nous imposer et posséder, nous sommes tous en perpétuel conflit. Quand un adulte, a fortiori un enfant, tente de tout maîtriser, peut-être possède-t-il un grand secret et une peur viscérale lui fait préférer le mutisme ou le mensonge à la vie. Pour moi, comment affronter un tel danger, celui de me dévoiler sans aucune censure et risquer ainsi de révéler mon homosexualité au grand jour ? Avec difficulté, je cachais ce que je rêvais de crier au monde entier.

Par ailleurs, inapte à gérer ma propre violence intérieure, je faisais tout pour qu'aucune violence extérieure ne vienne m'agresser. Impossible de me l'autoriser, la douleur en moi suffisait. Pour mieux me défendre, la simulation et le mensonge à l'entourage me paraissaient obligatoires. J'entretenais donc un rapport pervers avec les autres, mais sans jouissance, juste par protection. Je les manipulais. Une stratégie imposée sans aucun plaisir.

Un exemple illustre comment une situation en apparence banale pousse un petit garçon à feindre. Un été, j'accompagnai mon oncle à un dîner chez des amis. Le frère d'un des convives, extrêmement efféminé, colorait les conversations. Dans ses intonations lyriques s'imposait son bel accent du Sud-Ouest. Sur le chemin du retour, mon oncle ne cessa de se moquer de cette « tapette » ! Dans ma tête je cherchais une parade : « Pourvu qu'il ne se rende pas compte que moi aussi j'en suis une ! » Alors j'en rajoutais une couche, j'accumulais les blagues viriles, m'acharnais sur cette pauvre « pédale » pour le plus grand plaisir de mon oncle. Au fond de moi, je vomissais mes discours et endurais cette distorsion, cette impossibilité d'être moi-même.

Les enfants subissent les discours de leur environnement. Parfois des propos les heurtent dans ce qu'ils ont de plus intime, de plus secret. Un mot suffit pour bouleverser toute leur existence. L'enfance n'incarne pas toujours la période la plus heureuse, et le silence des enfants ne démontre pas forcément leur bonheur insouciant. L'aveuglement de mon entourage ne m'étonne pas car il découlait de mes manœuvres ; en revanche, je regrette leur participation inconsciente à mon tourment par manque d'attention et de communication.

Plus tard, l'annonce de mon attirance pour les garçons provoqua régulièrement des réactions culpabilisées : « Mon Dieu, ces blagues homophobes que nous avons tenues, qu'est-ce qu'il a dû en souffrir ! » Ces réflexions me bouleversèrent effectivement, me poussèrent à me cacher et à manipuler tout le monde. Cela était-il évitable ? Je l'ignore. Aujourd'hui, je ne renie rien de ce passé que je considère davantage comme une étape enrichissante de ma vie. Mais qu'en est-il pour ces enfants enfermés dans leurs frayeurs, pour ces adolescents qui préfèrent la mort, pour les adultes qui continuent à se mentir dans leur mariage, pour tous ces hommes qui passent tout simplement à côté de leur vie ?

Comment faire différemment ? Les enfants portent en eux de grands mystères. Leur jardin secret est parsemé de doutes, de peurs, parfois d'une singularité qui les bouleverse. Elle peut paraître d'emblée évidente comme elle peut ne pas l'être. J'aimais les hommes mais j'aurais pu m'éprendre d'une femme noire, m'intéresser à une autre religion ou encore nourrir des rêves d'artiste. Comment accompagner le petit garçon qui vit au quotidien ce qui suscite l'inquiétude ou la haine des autres ? Si l'on pouvait éviter les négligences et toujours se placer du côté de la vie, l'enfant aurait la chance de grandir dans un entourage où l'altérité, loin de constituer un problème, se trouverait au contraire valorisée. La différence constituerait alors une image plus positive. Les attitudes conformistes contaminent tout le monde et, aujourd'hui, enfants et parents utilisent indifféremment l'expression « sale pédé » pour s'interpeller. Le juron ne traduit plus une réalité, banalise l'association pédé et connard et finalement ne représente même plus une insulte ! Quelle image un petit garçon homosexuel peut-il avoir de lui-même en traversant une cour d'école ? Désastreuse, tout simplement.

Les premières années, la solitude me pesait beaucoup et je ne rencontrais personne susceptible de recevoir mes confidences ; ou alors, totalement pétrifié dans mon système de défense, je ne les voyais pas. Dans ma tête, l'homophobie touchait nécessairement l'ensemble de l'humanité, moi compris. Elle servait de pilier fondateur à la société. Je ne cherchais même pas à comprendre le jugement des autres, persuadé qu'il était identique au mien : « Je ne peux avoir de relation naturelle et vraie avec personne. Je suis un monstre d'aimer les garçons et forcément la planète me bannit. » Je m'associais obligatoirement à une catastrophe. Je n'imaginais pas qu'on pût me répondre : « Ce n'est pas grave. » D'ailleurs, jamais je n'entendis une telle phrase.

Pourtant, le secours vient parfois d'une rencontre, d'une personne qui flaire les soucis, prête une oreille attentive et en quelques phrases change le cours d'une existence. « Tu sais, je me demande si tu n'es pas homosexuel, j'en connais quelques-uns. Certains le vivent mal et adoptent les mêmes comportements outranciers que toi, d'autres le vivent bien. Si tu l'es, cela ne me choque pas et tu ne te mets pas en danger en m'en parlant. Je suis conscient de ta souffrance et je la garderai pour moi. Mais si tu veux en parler, rencontrer d'autres garçons comme toi, je peux t'aider. Tu peux aussi choisir de ne pas m'en parler. Tu es libre. N'oublie pourtant pas ceci : ton problème n'est pas ton homosexualité car il n'y a aucun mal à aimer les hommes. Tu es parfaitement normal. Ton problème, c'est l'homophobie, la tienne, la mienne et celle des autres, car tu vis mal en te détestant. Aime-toi, aime ta sexualité qui peut t'apporter une grande richesse et laisse aux autres l'homophobie. C'est leur problème, pas le tien. Je t'assure que le bonheur est possible dans une relation entre deux hommes. » Peu importe que le petit garçon soit effectivement gay, nous apportons toujours une aide en offrant une possibilité de dialogue.

L'homophobie latente de la société confirmait mes jugements. Il n'existait pas de méchanceté directe, mais un climat favorable. Les blagues sur les pédés, les insultes permanentes, de la « sale pédale » au « gros enculé », me confortaient dans mes à priori d'un monde intolérant et dans la prudence de ne rien confier. Je vivais dans un environnement hostile où moi-même j'incarnais mon propre ennemi. Moi non plus je n'aimais pas les « pédés ». J'étais homosexuel, je le savais, j'en souffrais et je détestais l'homophobie, mais j'y adhérais quand même. Bref, mon existence se compliquait de plus en plus. De ce conflit intérieur terrible, une vérité lumineuse finit par jaillir : je suis ce que je déteste.

Pourtant, la nuit, dans mes rêves, je rencontrais un

homme qui m'enlaçait tendrement. Nos émois étaient poétiques et fleuris. Jamais laids. L'homophile rejoignait l'homosexuel. J'aimais ce garçon, tout simplement.

L'horreur revenait avec le réveil.

La solitude

> « Un cri. J'avais envie de pousser un cri, mais cela m'était impossible.
>
> J'étais prisonnier de mon corps.
>
> Je hurlais mais aucun bruit ne sortait de ma bouche.
>
> Des serpents de sang auraient dû jaillir du centre de ma tête et parcourir mon visage pour alimenter ma colère. Ma face pourtant restait blanche, calme, imperturbable.
>
> Je voulus alors partir, courir comme un fou qui fuit sa propre folie. Mes pas restaient lents et réguliers.
>
> Mes mains frappaient sur les parois de ce corps qui était mien mais que je ne reconnaissais plus. »
>
> *L'Anti-sociétiste,* 1992

Entre quinze et vingt ans, je me mis à écrire. La plupart du temps il s'agissait d'ébauches de poèmes, de nouvelles ou de débuts de romans. Le texte mené le plus loin fut une pièce de théâtre. Écrite sur plusieurs années, elle s'intitule *L'Anti-sociétiste.* Ce genre me correspondait bien tant ma vie tout entière à cette époque ressemblait à du théâtre.

L'Anti-sociétiste ne décrivait pas un anarchiste, mais un personnage inadapté à la société dans laquelle il vivait : il s'agissait d'Arthur, de son suicide. Debout sur un balcon, il hésitait à sauter et la pièce déclinait une suite de rencontres déterminantes dans sa décision.

Mes incursions dans la norme révélèrent rapidement leurs limites et d'écrire me donnait la possibilité de respirer à nouveau. L'écriture constitua l'arme privilégiée de mon adolescence. J'allais rarement au-delà d'une page et les textes n'aboutissaient donc jamais. Le contenu m'importait moins que le fait d'écrire et de coucher ma tristesse sur le papier. Une fois celle-ci atténuée, je m'arrêtais. L'écriture, véritable soupape, me permettait d'évacuer un trop-plein d'angoisses. Cependant, le fond des histoires abordait certains thèmes récurrents toujours tristes comme la mort, le suicide, la sensation de vie ratée. Plus que jamais, ma personnalité se scindait en deux : un intérieur bouillonnant prêt à hurler mais inhibé par un extérieur artificiellement calme et serein. Un cercle vicieux se mettait en place : plus j'avais besoin d'aide, moins je le montrais, plus la présence des autres m'était nécessaire et moins je les sollicitais, me terrant dans une solitude choisie. Je refusais de partager mon malaise avec mon entourage, mais souffrais de leur adhésion à mes mensonges. Enfermé dans mon incommunicabilité, l'écriture s'imposait.

Depuis longtemps, j'en ressentais le besoin, comme une manière de parler, mais je m'en croyais incapable. Il me fallut être angoissé au-delà du supportable pour utiliser ce moyen qui me coûtait. Si, dans une introspection, un monologue, le mensonge s'immisce aisément, l'écriture, elle, constitue un aveu de vérités. Cette forme d'expression, difficile pour moi, ne fut possible qu'au moment où je me sentis prêt à dire ma douleur. Ainsi, quand la pièce de théâtre débutait par un homme hurlant de la prison de son corps, je ne décrivais pas seulement mon état de l'époque, mais surtout ce que je ressentais depuis dix ans.

En pension, le dîner se prolongeait par une période de repos avant le retour en salle d'étude. Souvent j'investissais les lieux, sûr de me retrouver seul, les autres garçons jouant dans la cour de récréation ou occupés devant la télévision. Le silence de la salle d'étude m'aidait à me calmer et à me ressourcer. Je restais là, parfois dans le noir, pendant de longues minutes, ôtant la laisse de mon esprit fougueux qui en profitait pour s'ébattre en toute liberté. Grâce à cette ambiance privilégiée, un jour sans doute pire qu'un autre, j'osai enfin attraper un stylo et griffonner ces quelques lignes : « Qu'il est difficile d'écrire quand parler est déjà un supplice ! Et comment réduire en quelques mots les idées qui ont mis plusieurs années à obtenir la clarté de la nuit ? L'écriture est la conversation des solitaires. Seul, je ne peux parler, il me faut donc écrire pour libérer mon angoisse. »

Finalement, l'écriture peut se concevoir comme une psychothérapie bon marché. Il est effectivement plus simple d'avouer ou de cacher une liaison thérapeutique avec une feuille blanche qu'avec un psychiatre. Pour un enfant qui en ressent le besoin, l'accès au psychothérapeute reste un vrai parcours du combattant. Il faut d'abord se convaincre de ce besoin et de son utilité. Heureusement, les à priori sur les psychothérapeutes ont beaucoup évolué ces dernières années et leur fréquentation s'est banalisée. Chez moi, nous décrivions les psychiatres comme aussi fous que leurs patients et leur travail était réduit à celui d'une machine à sous. Passé ces clichés surannés, il faut puiser dans son énergie pour aller affronter dans les questions du médecin le seul individu que nous aimerions vaincre, nous-même. La peur de livrer ses peurs, d'abandonner ses défenses et de se sentir encore moins bien qu'avant demande un grand courage. Ensuite, il faut trouver de l'argent et un enfant n'imagine même pas qu'il est possible de négocier une consultation, sans parler de la difficulté à trouver un bon psy. L'adulte se débrouille avec ses relations. À qui peut s'adresser un enfant pour obtenir une recommandation ? Enfin, comment trouver un créneau horaire où l'on peut suspendre sa vie sans attirer l'attention de son entourage ? Personnellement, je n'ai pas été plus loin que la première étape. Si l'envie ne me manquait pas, l'entreprise me semblait impossible. Vers qui se tourner puisque les « professionnels de la panade » sont inaccessibles ? Les parents ? C'est l'idéal si leur ouverture d'esprit le permet, mais si tel est le cas, il y a moins de chances que le problème de l'homosexualité soit aussi douloureux pour l'enfant. Le bon copain de classe ? Pourquoi pas, si ce dernier est digne de confiance ! Mais parler de son homosexualité à une personne nous met sous sa dépendance, car nous lui révélons le point faible qu'il pourrait utiliser pour nous détruire. Le médecin de famille ? Il est plus accessible que le psy : « Je viens parce que j'ai mal à la gorge et, pendant que j'y pense, je suis pédé et ça me fait gerber, c'est grave, docteur ? » Mais, soyons honnête, l'ouverture n'est pas toujours l'apanage du médecin comme la tolérance le serait du curé. La prudence reste de rigueur.

Alors écrire soulage, ne coûte pas cher et les parents sont toujours contents de voir un rai lumineux sous la porte de leur fils à des heures indues : « Mon Dieu, qu'il est studieux ! »

Aujourd'hui, l'enjeu de l'écriture est différent. Les démons du passé ayant disparu, il s'agit davantage de détecter dans mon histoire les causes d'une détresse et de les partager avec ceux qui espèrent que la répétition des erreurs n'est pas inéluctable.

Un autre de mes thèmes récurrents : la claustration. Lorsque j'écrivais cette pièce de théâtre, le sentiment d'être coincé revenait sans cesse. Tous les personnages exprimaient d'ailleurs une forme d'emprisonnement dont seul Arthur se libérerait.

« Mes parents ont fabriqué un beau moule avec l'intérieur molletonné de satin rouge, un moule dans lequel j'ai grandi, j'étais heureux. Mais voilà, un jour le moule devint trop petit pour moi. Au début cela n'était pas trop gênant, mais je grandis davantage. Les parois qui autrefois me guidaient se mirent à bloquer mes mouvements. Plus je bougeais, plus mon corps s'accroissait et plus je me sentais coincé. La douceur du satin qui réchauffait naguère mes joues se mit soudain à irriter ma peau. Le rouge du tissu brûla mes yeux. Je luttais et aussitôt me mettais à grandir. Je luttais davantage mais grandissais tout autant. Aujourd'hui, mon corps épouse totalement le moule. Aucun mouvement n'est possible. Une statue de sable. [...]

Jadis je fus tout comme vous prisonnier d'un moule

trop étroit. Mais la matrice ne correspondait pas à mon évolution. Je ne pouvais plus bouger dans un moule qui me cassait le dos et m'obligeait à baisser la tête. Un jour je n'en pus plus. C'est alors que venant du plus profond de moi-même une force a jailli. Le moule explosa en mille morceaux, mille étoiles filantes, dans tous les recoins de la galaxie. Seuls quelques morceaux restèrent à mes pieds. »

À dix-huit ans, je me réveillais avec la désagréable sensation de passer à côté de ma vie. Le moule social ne me correspondait plus et je devais lutter pour grandir dans un environnement qui m'étouffait. Je vivais enfin ma « crise d'adolescence ». Je ne hurlais pas mes angoisses, je les chuchotais. Cette période correspondait à une nouvelle prise de conscience : la vie se composait de différences. Je me dressais donc contre ce milieu qui niait ces différences et essayais le plus possible de les gommer. Comme d'habitude, sans la moindre nuance, je rejetais tout en bloc, milieu et éducation. Ma mère ne comprenait pas les rebuffades systématiques qui réduisaient à néant toute ébauche de discussion et elle préférait penser que la révolte coïncidait avec l'adolescence. Un équilibre s'instaura entre le besoin de contestation et le désir d'affirmer une certaine altérité.

La contradiction peut s'illustrer par l'histoire de la « chevalière ». Dans ma famille, certains cadeaux correspondent à des dates précises. Ainsi, le permis de conduire s'offre pour les dix-huit ans, et la chevalière récompense le bac. Cette bague aux armoiries de la famille est portée par ses membres de génération en génération. Pour certains, elle signifie la fierté d'appartenir à un clan, pour d'autres, comme mes parents, elle ne représente qu'un bijou de famille. Comme à ma sœur et à mon frère avant moi, mes parents me proposèrent de me graver une bague pour la réussite à mes examens. « Il n'en est pas question », rétorquai-je alors. Les valeurs humanistes ne se mesuraient pas à l'aune d'un morceau d'or. La chevalière symbolisait tout le milieu que je m'appliquais à rejeter et me sentir lié à lui par une preuve physique ne me semblait pas souhaitable. Mes parents s'étonnèrent de ce refus d'un cadeau censé me faire plaisir : « Il est encore dans sa période révoltée. »

Se construire dans le rejet, pourquoi pas, si un autre style de vie remplit le vide ainsi engendré. Face à la grisaille de mon état d'esprit un look coloré s'imposa donc et ma mère ne put que déplorer le manque de goût de son fils accoutré de baskets rouges et d'un jean délavé, rapiécé de tissus multicolores.

Le moule symbolisait l'environnement de mes quinze premières années. Un cadre où je luttais pour grandir, et qui devenait de plus en plus étroit, jusqu'à m'étouffer complètement. L'adolescence se définit souvent comme une deuxième naissance, le passage délicat d'un état à un autre. Si ce passage se vit douloureusement, c'est la fameuse « crise ». Il existe une inadéquation entre l'être et les corps. Le corps physique, lancé sans frein dans sa course pubertaire, se heurte aux regards moqueurs du corps social, puis se réfugie dans le corps familial qui se referme sur lui laissant une amère sensation d'incarcération. L'adolescent se sent contenu à un moment où il voudrait exploser, faire éclater des tas de choses comme sa sexualité, sa créativité, ses idées, etc. Bref, sortir de sa coquille comme le papillon de sa chrysalide. Le jeu de l'adolescence s'apparente à un colin-maillard géant. Le candidat affublé d'un bandeau tâtonne vers les repères nécessaires à l'élaboration de sa future vie. Il envie les idoles, auxquelles il s'identifie, et dénie toute ressemblance avec son entourage, bien qu'elle soit évidente. Il expérimente ainsi les bornes qui traceront son chemin.

Pour moi, un autre élément apportait sa touche personnelle au concert dissonant de l'adolescence : le corps sexualisé. L'homosexualité trouvait difficilement sa place dans un décor de crise d'adolescence car aucun repère quotidien familier ne permettait de l'orienter. Comment construire sa sexualité quand elle n'est représentée nulle part ? À mon époque, la télévision nous abreuvait d'ados hétéros en prise à des angoisses existentielles, se bécotant sur les bancs publics. Le modèle adulte, tout aussi hétéro, s'aimait, se séparait avant de se remettre ensemble. La femme succombait souvent au policier en bel uniforme, le mari jamais. Une version « Village people » en prime time aurait offert aux ados homos une possibilité d'identification. L'homosexualité n'apparaissait en aucun cas à l'écran, en revanche le problème qu'elle engendrait gonflait parfois l'audimat. L'ado ne pouvait reconnaître sa sexualité, mais il reconnaissait bien sa peur. La télévision n'élimine pas l'angoisse, elle la confirme en la justifiant. L'histoire aussi « s'hétérosexualisait ». Les professeurs nous contaient la Grèce antique sans mentionner les libertés sexuelles de l'époque. Ils nous sensibilisaient à l'antisémitisme à travers l'horreur des déportations et des étoiles jaunes, mais ne soufflaient mot des triangles roses. Les gays, officiellement, n'existaient pas. Aujourd'hui, même si les mentalités ont évolué, notre culture demeure hétérosexuelle, de même que la télévision, bien sûr, mais aussi les affiches dans le métro, les sculptures dans les musées ou les classiques de littérature enseignés à l'école. Autant de modèles inadaptés au jeune ado homo, qui le replacent à chaque instant devant sa différence. Jouant seul à colin-maillard, il perd inéluctablement.

Certains jeunes vivent facilement leur homosexualité. Leur identification passe par des revues spécialisées, des rencontres inopinées avec des gays plus âgés ou l'existence d'un homo déclaré au sein de leur propre famille. L'homme se construit plus aisément avec un modèle à ses côtés. Moi, je n'ai pas eu cette chance. Nul homo dans ma famille pour prendre ma main et apaiser mes peurs. Aucune rencontre non plus, sinon celle, cathodique, de Zaza et Renato dans *La Cage aux folles*. Un accès à des repères homosexuels positifs m'aurait probablement aidé. Je n'en ai rencontré que deux.

Un samedi matin, seul dans l'appartement, je me prélassais devant la télévision. Mon père travaillait et ma mère était en ville. Les émissions offraient peu d'intérêt et je zappais davantage que je ne regardais réellement le petit écran. Une image retint soudain mon attention. Un jeune, assis sur un banc, les yeux volontairement brouillés, répondait à une question. « Je suis obligé de vivre mon homosexualité caché si je ne veux pas être rejeté. » Mon cœur s'accéléra d'un coup. Un jeune comme moi parlait à la télé, me parlait à la télé. La journaliste l'interrogea : « Pourquoi penses-tu être rejeté ? » Je ne perçus pas la réponse mais le bruit de la clé dans la serrure. Ma mère revenait de ses courses et j'éteignis immédiatement le poste de peur d'être démasqué, convaincu que regarder un tel reportage m'aurait forcément compromis, révélant sans l'ombre d'un doute mon orientation sexuelle perverse. Ma prudence zélée me priva, ce jour-là, d'une occasion, non renouvelée, d'identification.

Beaucoup plus tard... Lors d'une retraite religieuse avec sa fiancée, un ami acheta un livre à mon intention. Il me savait gay et l'intitulé explicite guida son choix pour cet ouvrage, dont il ignorait le contenu par ailleurs. Sur une pochette rose figurait un personnage caché derrière un masque vénitien surplombé d'un titre simple : *Homosexualité.* Le recueil, écrit par un prêtre, rassemblait une série de témoignages. Une fois l'appartement endormi, j'allumai la lumière sous les couvertures, et voyageai avec mes nouveaux amis d'infortune. Les expériences se suivaient et se ressemblaient. Les mêmes peurs que les miennes, les mêmes angoisses, les mêmes culpabilités, et cette même sensation d'isolement dans un parcours douloureux unique. La reliure craquait de toute part tant je la sollicitais, les pages usées se désolidarisaient et l'encre bavait sous le flot de mes larmes. Après des soirées de lecture et de relecture, le bouquin regagna sa cachette sous le matelas. L'espace d'un moment, les témoignages levaient l'isolement dans une communion de douleur. Le prêtre rappliqua alors dans une aube arc-en-ciel et débita son sermon : « Je ne juge pas les personnes qui ont une sexualité différente, mais je veux leur offrir des pistes pour mieux trouver le bonheur. Vivez votre homosexualité dans la chasteté et le respect du corps. Ne succombez pas à la tentation. Ne passez pas à l'acte, car de forniquer avec un autre homme vous entraînera inévitablement dans une spirale infernale de vice et donc de malheur. Vivez cette différence dans le secret de votre cœur, transcendez-la dans un amour glorieux à l'image du Christ rédempteur. » Mes larmes doublaient d'intensité et je priais le ciel de pardonner ma monstruosité avant d'essorer le « livre serpillière » sous la literie. L'opuscule finit son existence piteusement dans une poubelle anonyme entre la maison et la faculté. À l'abri des regards indiscrets et des paparazzi virtuels, je me débarrassai à contrecœur de mon fouet littéraire. Une pièce à conviction aussi flagrante ne pouvait se trouver dans la chambre d'un jeune homme bien-pensant. Ce livre ne me fut d'aucun secours et même constitua un repère négatif de plus.

L'adolescence reste une étape importante. L'enfant jalonne son histoire de joies et de peines, de succès ou de dérapages, d'un ensemble d'étapes qui façonnent sa personnalité d'adulte. Dans son parcours il glane des cachotteries qui fleurissent son jardin secret. Les mystères participent à la construction. Mais le jardin n'est pas la vie. Ma sexualité, parcelle de mon identité, en vampirisant tout mon être, a entraîné une déconstruction. Je cachais le plus grand secret qui soit... moi-même.

Mon nouveau style m'éloignait un peu plus de la famille, intensifiant ma sensation d'isolement. Je rejetais une certaine forme de bourgeoisie et refusais donc systématiquement ses invitations. Il me semblait plus facile de vivre sincèrement seul que dans le mensonge au milieu des autres. De toute façon, je ne pouvais partager avec quiconque mon intimité résumée à mon homosexualité. Ainsi, dans ma pièce de théâtre, un ivrogne interrogeait Arthur sur les raisons de son autoséquestration. Ce dernier répondait : « Là je suis seul. Là-bas je me sentirai seul isolé. Dans ma chambre je trouve une excuse à ma solitude, mais au milieu des autres... » Cette spirale d'isolement me précipitait progressivement dans les abîmes de l'incommunicabilité. Un exemple illustre cette lente descente.

Au deuxième étage du pensionnat, les salles d'étude s'ouvraient toutes sur un interminable couloir. Chacune accueillait une quinzaine d'élèves. Le bureau du proviseur se situait au centre et les toilettes aux extrémités. J'appréciais particulièrement les mercredis, dont l'après-midi nous était octroyé. Certains élèves sortaient de l'enceinte du collège pour badiner en ville, d'autres visionnaient des cassettes vidéo dans la salle télé, d'autres encore révisaient leur leçon pour le devoir sur table du jeudi. Je ne quittais jamais le collège pendant mon temps libre. Je préférais le couloir du deuxième. Le silence des espaces vides où se croisaient çà et là des garçons fantasmagoriques. Si tous mes camarades sortaient, j'investissais alors ma salle d'étude. Pendant des heures entières j'analysais mon statut d'indésirable petite merde sur la planète Terre. Les bons jours, je m'endormais sur mon bureau. Les mauvais jours, je poursuivais l'écriture de *L'Anti-sociétiste*, et, les très mauvais jours, je cessais de retenir mes larmes et devais fuir afin d'éviter l'arrivée impromptue d'un élève. Je traversais discrètement le couloir et marchais vers mon refuge préféré, les toilettes. La porte franchie, j'entrais dans un nouvel univers, un monde parallèle : je fermais les yeux et me mettais à délirer. Dans mon hallucination, l'atmosphère ouatée du collège provincial s'embrasait, des vapeurs de cendres plombaient les lieux, les toilettes devenaient maison close. Je me tenais là, assis sur la lunette, à attendre mon tour. Quand un individu pénétrait dans le bordel, mon cœur tapait fort dans ma poitrine, rythmé par le bruit des souliers sur le carrelage. Mes mains suantes se serraient l'une contre l'autre comme deux amantes apeurées. Mon corps entier se figeait et domptait avec difficulté ma respiration bruyante. Le temps défilait au ralenti. Chaque seconde pesait une année dans mon délire fantasmatique. Chaque pas augmentait un peu plus un désir incertain, une violence incoercible. Je refusais l'excitation provoquée par le loquet de la porte ou le zip de la braguette. Je me battais intellectuellement contre moi-même, contre cet anonyme qui ne l'était plus. Ce camarade longtemps convoité me plaquait virtuellement au sol et j'entendais son urine tambouriner sur mon ventre. Il ne me violait pas car je ne résistais plus. Notre amour bestial me traumatisait de plaisir. Il me semblait si réel ! Puis l'inconnu tirait la chasse avant de quitter les lieux, me laissant épuisé, sali et humilié.

Parfois, la situation se compliquait davantage. Après avoir bien pleuré mon désespoir, j'essuyais des yeux bouffis par les larmes. J'apercevais alors un morceau de papier toilette à terre. Certains élèves laissaient souvent traîner, probablement volontairement, le produit de leur masturbation. J'avalais ma salive, un nouveau combat allait débuter. Tétanisé par la peur, je fixais la petite boule blanche. L'obscénité et le sordide de la situation ne m'échappaient pas. Je luttais de toutes mes forces pour trouver le courage de me lever, de fuir, mais mes mains ne répondaient déjà plus. Elles attrapaient le papier mouillé de sperme encore frais. L'inconnu apparaissait de nouveau. Son visage se précisait lorsque sa bouche touchait la mienne. Mes doigts caressaient l'air mais ressentaient sa peau. Pour ne pas perdre son image, je humais le sperme. L'odeur âcre bouleversait mon esprit, modifiait mes perceptions et rendait physiquement présent le garçon avec qui je faisais l'amour. J'adorais ce parfum qui me dégoûtait. Un prostitué ou un camé. Un désespéré ou un pervers, je n'en avais rien à foutre tant cet amour me déréalisait. Envahi d'une folie démesurée, je me shootais au sperme d'un amant imaginaire, une inhibition protectrice me gardant de le bouffer. Les défenses s'organisaient de leur côté. La morale, la peur et la raison s'associaient pour me rechercher dans le dédale de mon immondice. Ils forçaient mes doigts à lâcher prise et le papier tourbillonnait avec ma décadence onirique dans les abysses de la cuvette. Je m'écroulais ensuite, le visage dans les mains, en proie à la honte. Les sanglots ne modifiaient en rien cette réalité maintenant évidente : je me dégoûtais. Je vomissais mon geste et mes pensées impures. Aucune punition ne pourrait effacer ma concupiscence. Je me réveillais enfin et quittais les lieux. En retraversant le couloir, je refoulais ces scènes d'extase avilissantes au plus profond de mon inconscient. Un dernier regard vers les toilettes alourdissait ma culpabilité, mais mon esprit tordu riait déjà de savoir que je ne résisterais pas à l'envie d'y retourner.

L'humiliation me rongeait de l'intérieur. Honte de mes actes mais surtout honte du plaisir procuré. Comment communiquer, alors, avec les autres ? Comment confier ses angoisses, ses désirs qui vous écœurent et vous comblent à la fois ? Comment parler sincèrement quand il devient impossible de se regarder dans un miroir tant l'image renvoyée vous fait horreur ? La solitude s'impose d'elle-même et vous laisse en proie à la plus grande des déceptions qui soit : la vôtre. Mon univers ne pouvant pas se partager, je préférais fuir mes camarades que de mentir davantage. Je grimais mon visage des mille couleurs de la gaieté pour mieux masquer ma vulgarité.

L'impossible guérison

À quinze ans, l'amour est déjà pour certains la grande affaire de leur vie. Pour moi, il apparaissait comme l'unique possibilité de communiquer, de rompre l'isolement. Dans ma pièce de théâtre, la chambre symbolisait cet amour et les protagonistes, en franchissant la porte, me permettaient de parler.

Une nouvelle obsession allait ainsi prendre le relais. Le petit monstre qui devait se cacher éprouvait à présent le manque d'amour. Je n'aimais personne et personne ne m'aimait, à la période de l'embrasement des libertinages adolescents. Il ne s'agissait plus seulement de se camoufler, mais aussi de tomber amoureux pour créer un lien avec l'autre. En bon disciple de Freud, je pensais qu'en parlant je trouverais la cause de mon homosexualité et m'en débarrasserais. La méthode semblait infaillible : « Je discute donc je guéris. » Loin du sentiment, l'amour se définissait d'abord comme un moyen de communication, une rencontre, impossible à envisager avec un sexe identique.

Par peur, je fuyais les hommes, mais cet éloignement créait un grand vide en moi. Un vent de panique me glaçait comme une montée d'adrénaline. La vie se dépouillait de tout sens. Pédé, la vie manquait déjà d'intérêt. Seul, elle n'était tout simplement plus. Le soir, dans mon lit, cette réalité s'imposait violemment à moi. Je désirais mourir, mais pas ainsi, comme un chien, abandonné de tous, dans une indifférence générale. Je paniquais à l'idée de trépasser et d'être le seul témoin de mon cadavre. Cette frayeur, Arthur, mon personnage, l'incarnait : « Je voudrais tant être à votre place. Aimer et me sentir aimé. Je voudrais, le soir, en m'endormant, avoir la certitude qu'au moins une personne sur la terre pense à moi. Je voudrais des bras qui m'enlacent avec tendresse quand le moral a déserté. Je voudrais une fête quotidienne, des surprises permanentes. Je voudrais faire l'amour sans interruption, le jour, la nuit, toujours. »

Le concept de l'amour sans sentiment niait l'existence du coup de foudre, me l'interdisait. Je devais donc le fabriquer, de manière artificielle. À deux reprises, je construisis une ébauche d'amour « normal » : l'amour « made in Gonzague » !

À treize ans, pour la première fois, une fille me plut. Ses cheveux courts et ses seins lenticulaires composaient un physique androgyne en accord parfait avec mon idée de la féminité. Je perçus en elle un espoir, un salut. Timide, j'hésitai pendant trois semaines avant de lui adresser la parole. Un jour, brutalement, à la sortie d'un cours, je lui déclarai ma flamme. Pas de chance, elle me jeta, ne ressentant rien pour moi. Première déclaration, premier râteau ! Quelques jours plus tard, la belle sortit avec un élève. Un garçon infidèle qui venait me rejoindre le soir dans mes rêves.

Quelle influence ce premier « râteau » a-t-il eue sur mes orientations futures ? Si elle avait succombé à mon charme ravageur, sans doute serais-je actuellement marié et entouré d'une ribambelle d'enfants. Pas si sûr. D'abord, les garçons m'intéressaient depuis bien longtemps. Ensuite, je fabriquais cet amour artificiellement en essayant de tomber amoureux. À vingt ans, je réitérai l'expérience, donnant ainsi une suite à l'histoire de la conquête féminine. L'urgence, à l'époque, était de redorer mon image de bel hétéro. Nous travaillions dans la même bibliothèque. Sophie, au rez-de-chaussée, et moi au premier étage, puis rapidement tous les deux au rez-de-chaussée. Je la trouvais très belle. Son regard me plaisait, tout comme celui des garçons qui voulaient la posséder. Sophie était libre, libre de choisir le mâle qui rendrait les autres jaloux. L'homosexualité n'excluant pas la misogynie, l'image d'une femme trophée au bras d'un mari gonflé de fierté me paraissait normale. Fort de ma précédente expérience, je préférai à une approche trop brutale un plan drague minutieusement élaboré. La proie ne devait pas fuir. La parade amoureuse s'éternisa : balades romantiques sur les quais parisiens en plein travaux de voirie ; violons des marteaux-piqueurs et des voitures ; visite au musée de l'érotisme le jour de fermeture — pas d'érotisme le mardi ! —, attente d'une heure et demie sur le parvis Saint-Sulpice, le cœur et les vêtements trempés par une pluie torrentielle...

Je tenais régulièrement mes amis au courant du déroulement de l'histoire. Certains proches pouvaient même se vanter d'avoir vu la cassette, relique précieusement gardée du premier message de Sophie sur mon répondeur. Après plusieurs semaines, j'osai enfin l'inviter chez moi. Une journée durant, je préparai ce dîner, réunissant à mon insu tous les clichés de série B. Tout y était : bougies, traiteur et musique douce.

Sophie arriva en retard et m'annonça d'emblée son départ imminent pour un repas familial. Non seulement elle n'avait pas compris l'enjeu du dîner, mais elle n'avait même pas compris qu'il y avait dîner. Peu importait. Rapidement, la discussion tourna court, et les disques de musique classique couvrirent nos silences gênés. Au beau milieu du *Stabat Mater* de Vivaldi, je réalisai enfin l'absurdité de la situation, la vacuité d'un amour vide de sentiment. Je ne ressentais absolument rien pour elle. Pas le moindre désir. Ma seule envie du moment était qu'elle se tire, ce qu'elle fit d'ailleurs. Je terminai mon pantagruélique repas avec un bon copain qui, lui, ne me laissait pas indifférent. Le lundi suivant, je travaillais de nouveau au premier étage.

J'aurais pu sortir avec elle pour expérimenter la relation avec une fille. Je ne l'ai pas fait, pas seulement par manque de désir, mais par respect pour elle. Ce soir-là, je compris définitivement que même si je me sentais malade, les femmes n'étaient pas mes infirmières.

Durant les années d'internat, mes contacts avec des filles se limitaient à des soirées rallyes où rien n'arrivait. Dans une pension de garçons, une petite amie me paraissait inutile, puisque je ne pouvais m'exhiber à son bras pour afficher ma normalité aux yeux du monde entier.

Si mon comportement jovial paraissait parfaitement adapté à la réalité, intérieurement une profonde solitude et une grande tristesse m'habitaient. Mon problème résidait dans un trop fort décalage entre ce que je croyais et ce que je ressentais. Totalement imprégné d'idées reçues, je ne concevais l'amour qu'avec une fille et refusais d'imaginer une ébauche de relation avec un homme autrement qu'amicale. Pourtant, j'éprouvais réellement un désir exclusif et quasi obsessionnel pour les garçons, et rien pour les filles. Le contexte de l'époque, des garçons dans tous les recoins du pensionnat, ne m'aidait pas à apaiser ces sentiments très forts. Ainsi, psychologiquement coincé, je recherchais des liaisons féminines sans envie véritable et sabotais la possibilité de rencontres masculines, persuadé de leur caractère maléfique. En pleine période d'adolescence, je refusais de remettre mes croyances en question, trouvant préférable de nier la véracité de mes sentiments. Je me persuadais du caractère pathologique de mes désirs : j'étais un malade, peu importait, l'essentiel s'incarnait dans la vérité des apparences. J'étais malade, peu importait, de toute façon j'allais guérir.

Mon père conforta mes réflexions. À dix-sept ans, j'invitai pour la première fois une amie à la maison. L'appartement de mes parents ne comportant que deux chambres, je proposai à Emmanuelle de dormir avec moi dans la mienne. Nous étions suffisamment proches et complices pour que cette offre ne la choque pas. Emmanuelle sortait avec un garçon et me considérait plus comme un frère que comme un amant potentiel. Elle riait parfois de mon aspect coincé mais appréciait également mon caractère inoffensif. Parfois, elle pestait contre l'ensemble des hommes, et quand je lui faisais remarquer ma présence, elle me répondait : « Mais toi tu n'es pas vraiment comme un homme. » Ainsi trouvait-elle normal de dormir dans la même pièce. Nous refîmes le monde jusqu'à l'aube. Elle partit le matin et me laissa seul avec mes parents pour le déjeuner. Ma mère lança les hostilités : « Gonzague, tu ne te rends pas compte ! Ce n'est pas très correct de faire dormir une amie dans ta chambre. Tu l'as sans doute beaucoup gênée. Les filles ont besoin d'une certaine intimité. » Mon père renchérit : « Ta mère a raison, ta copine a dû être très inquiète. — Enfin, nous ne sommes pas des animaux ! leur répondis-je. Je n'allais pas lui sauter dessus ! » Mon père porta alors ses mains à son visage et conclut par cette boutade : « Mon fils est malade ! » Je ris à sa réflexion, mais en moi je me disais qu'il avait raison et que, normalement constitué, j'aurais dû essayer de l'emballer.

Ainsi, je m'engouffrais corps et âme dans ces idées normatives et n'échappais pas à l'association classique de l'homosexualité et de la maladie. J'adoptais sans difficulté cette opinion, qui influença plus tard ma vocation de médecin, devant me conduire à devenir psychiatre, et par là même mon propre thérapeute. Cette théorie m'aidait à mieux vivre. Elle m'évitait d'abord d'employer le mot tabou. Je n'étais plus « homosexuel », mais « malade », un terme pratique car moins précis, facile à utiliser pour me définir ou pour écrire. Dans la bouche d'Arthur, je ne me servais que de cet euphémisme : « Ma maladie a dû l'effrayer. C'est sans doute la première fois qu'elle voit un malade d'amour. Un malade de l'amour... à en crever. »

La maladie relevait davantage du concept abstrait que d'une réalité concrète. Elle charriait deux sentiments : la honte que j'éprouvais déjà et la non-responsabilité qui m'arrangeait. Après tout, je n'avais pas choisi d'être mal fichu. Parallèlement, l'envie de connaître le pourquoi me titillait. Dans mon enquête, je n'osais pas acheter de livres sur le sujet, et aucun candidat de mon entourage ne me paraissait susceptible de subir un interrogatoire. Médicalisés, mes penchants ne pouvaient plus s'interpréter comme une fatalité.

Tout naturellement, je me tournai donc vers la psychanalyse. La lecture de Freud me servit de couverture pour justifier mes investigations. Je préférais passer pour un intello, intéressé par les méandres labyrinthiques du psychisme, que pour un homosexuel en quête de réponses à ses interrogations. Sigmund me confia alors que mes semblables, comme fixés dans une phase narcissique, étaient incapables de dépasser les conflits capitaux de l'enfance, notamment le complexe d'Œdipe. Un été, sur le sable brûlant de la plage d'Arcachon, je refermai le livre qui avait rempli d'un grand vide ma cervelle de treize ans. Je ne me reconnaissais pas dans le conflit familial évoqué. Le père de la psychanalyse m'abandonnait lui aussi.

Je me façonnai alors une petite maladie dans mon coin, avec ma propre histoire. Mais Gonzague se retrouvait malheureusement le seul à souffrir de « la maladie de Gonzague »...

Enfin, je ne pouvais imaginer ma situation comme irrévocable. Je devais guérir. Dans le secret, ma maladie restait curable ; dévoilée, elle risquait de devenir définitive. J'avais peur qu'en voyant mon homosexualité dans les yeux des autres, il me soit impossible de revenir en arrière.

Dans mon quotidien, je me considérais comme un fou de l'amour, un malade psychiatrique. La définition du dictionnaire me confortait dans cette voie. Je ressentais une mutation, persuadé qu'une chose organique, comme une créature monstrueuse, grandissait à l'intérieur de moi, me rongeait, et que jamais, malgré tous mes efforts, je ne pourrais me débarrasser d'elle. Le dimanche, à la messe, je suppliais le Seigneur : « Dites seulement une parole et je serai guéri. » Non seulement je me tapais le cœur comme les autres fidèles, mais je transformais mes doigts en griffes comme pour m'arracher le cœur, tanière de la bête. Rituel hebdomadaire incontournable pendant plus de dix ans. Parfois, les griffes devenaient poings pour frapper ce cœur, provoquant une douleur physique censée apaiser la douleur morale.

L'amour dont ma maladie me privait, je l'idéalisais chez les autres. Mon œil devenait critique et parfois intolérant, car les couples ne se comportaient jamais à la hauteur de ce qu'ils pouvaient vivre. À mes yeux, l'amour et le bonheur constituaient des états intenses et permanents qui ne souffraient pas de fluctuations ou de médiocrité. On nous harcelait pour que nous finissions notre assiette parce que des pauvres ne mangeaient pas à leur faim. Alors, pourquoi ne pas mordre à pleines dents cet amour interdit à d'autres ? Je ne tolérais donc pas le moindre gâchis autour de moi et m'érigeais en maître de l'amour, n'hésitant pas à juger ou à donner des conseils, même à mes parents.

Mes amis me considéraient comme leur sexologue. Flatté par la confiance prodiguée au professionnel, je me sentais pourtant, intérieurement, profondément blessé et fou de jalousie. Quand j'apercevais des couples s'embrasser sur la bouche, l'envie de faire de même me torturait. Je détestais les mariages et toutes les situations où le bonheur d'autrui s'affichait, m'isolant davantage dans ma désolation. La nuit, où les mensonges n'étaient plus de règle, je rêvais à la beauté d'un baiser avec un être aimé.

À dix-neuf ans, je participai pour la première fois au pèlerinage de Lourdes. Quelques jours consacrés au service des personnes âgées flattaient mes aspirations monastiques du moment : « Il n'y a pas de plus beau cadeau que de donner sa vie pour ceux qu'on aime. » Un enseignement d'autant plus facile à suivre que je ne donnais pas ma vie mais m'en débarrassais tant elle m'insupportait. Le service de brancardage débutait très tôt le matin, mais nous étions peu nombreux au rendez-vous. Julien m'attira immédiatement. Ses cheveux sombres en bataille, ses yeux pétillants, son grand sourire généreux, tout en lui exhalait une liberté aux antipodes des autres pèlerins. Nos baskets nous réunissaient dans cet univers où la veste et la cravate restaient de rigueur. Rapidement, nous sympathisâmes, partageant notre temps de travail et de loisirs. Une amitié virile s'instaura entre nous, une fraternité dont l'évidence nous échappait. Dans nos conversations, j'éprouvais cette délicieuse impression que nous nous connaissions depuis la petite enfance. Je désirais Julien physiquement et intellectuellement. Je me camais de sa présence toujours insuffisante, buvais chacun de ses mots, chacun de ses gestes. Son corps me manquait dès qu'il disparaissait de mon champ visuel. Julien me racontait ses conquêtes féminines et je ne me lassais pas d'écouter ses exploits. Il me semblait tellement précoce, moi qui pensais que l'âge moyen du dépucelage en France tournait aux alentours de trente ans. Un soir, l'avant-dernier jour, nous décidâmes de participer à une fête de village dans l'arrière-pays. Des amis nous emmenèrent en voiture. Un couple, une fille, Julien et moi, serrés l'un contre l'autre. La soirée débuta chaleureusement. Mais dès la troisième chanson, je me demandai ce que je faisais là. Les binômes se formaient sans mon autorisation. Julien draguait la fille et en oubliait mon existence. J'aurais voulu me saouler pour ne plus les voir, noyer ma solitude, mais je n'avais plus de quoi m'offrir un verre. Crier, arracher les banderoles, me saisir du micro pour haranguer Julien et lui déclarer mon amour. Surtout, j'aurais voulu lui arracher cette fille qui goûtait ses lèvres à ma place. J'interrompis leur baiser pour lui demander ses clés, prétextant une fatigue soudaine. Ne trouvant plus d'excuse pour troubler leur intimité, je finis la soirée sur la banquette arrière de la voiture, bercé par les lampions et les refrains lointains du bal populaire. Mes larmes coulaient à flots. La solitude me rappelait brutalement à l'ordre, elle me faisait payer ces quelques jours de répit. Je pensais toucher le fond quand un choc sur la carrosserie me fit sursauter. « Je crois qu'il dort ! » Julien et sa copine venaient finir leurs papouilles sur la voiture. Le film commençait. Spectateur fœtal recroquevillé sur son siège humidifié de larmes, je subissais le programme. Ses mains agiles froissaient les tissus, provoquant un bruit subtil qui crevait mes tympans. Leurs halètements résonnaient dans ma tête, ils dégageaient une sensualité que ma respiration saccadée tentait en vain d'éliminer. Julien se tenait à quelques mètres de moi comme dans mes rêves, mais il pelotait un autre corps que le mien. Je voulais me réveiller mais je ne dormais plus. Je voulais disparaître mais la réalité ne le permettait pas. Alors, dans ces corps adolescents qui partageaient leur amour, je trouvais ma propre mort. Je n'entendais plus leurs baisers, ni le frôlement de leurs peaux, car mon être entier se concentrait à mourir. Mes oreilles se fermaient, mes poings se serraient, mes ongles marquaient ma peau, tous mes muscles se raidissaient, ankylosant ma chair. Une seule énergie réunissant ma haine, ma douleur et mon chagrin incendiait mon corps de l'intérieur. Je mourais à côté de mon amour dans son indifférence totale. La portière s'ouvrit alors et Julien prit le volant. Avant de démarrer, il se retourna vers moi pour me décocher son plus beau sourire. Je le revis le lendemain, quelques minutes avant le départ du train, puis plus jamais.

Cette soirée imprima une douleur en moi, une méfiance à l'égard des amoureux, une angoisse de revivre le même scénario. Pour exorciser ma peur, j'essayai de la verbaliser dans *L'Anti-sociétiste*. Un couple faisait irruption dans la chambre et se bécotait sans le moindre égard pour Arthur :

« Je ne suis pas jaloux, je suis fou de jalousie. Tout mon être tremble quand il vous voit. Des larmes montent à mes yeux et dans leur course, elles sont relayées par la chaleur qui incendie mon cerveau [...].

Je suis là comme un condamné devant son bourreau, je vous en supplie, arrêtez ! Chacun de vos baisers est une flèche qui vient se planter droit dans mon cœur. Cessez. J'ai mal. Je suis un pauvre qui a froid. Mes mains glissent lentement le long de la vitrine du fourreur. La peau reste collée à la vitre. À l'intérieur on endosse un manteau. Moi, tout mon être se décharne. Un squelette avec son manteau de chair à ses pieds. Mon cœur a froid. Arrêtez, au nom de l'amour, arrêtez ! »

L'amour ne pouvait pas rencontrer d'obstacle car, à mes yeux, il constituait un trésor trop précieux. Ainsi, j'en voulus énormément à mes parents de n'avoir pas accepté d'emblée ma belle-sœur et mon beau-frère. S'ils s'intégrèrent totalement à la famille par la suite, ils affrontèrent d'abord un rejet. Les raisons de cette exclusion appartiennent à leur histoire, mais je ressentis très violemment une telle opposition à l'amour. Je rêvais de vivre une histoire comparable. Comme un fou, je les enviais, et, pour moi, ne pas les accompagner dans leur parcours amoureux était quasi criminel. La situation dura trois ans entre colères, déprimes, non-dits qui m'affectaient de plus en plus.

Un dimanche, je déjeunais avec mes parents. Depuis quelques années déjà mon frère et ma sœur avaient quitté le cocon familial, laissant deux places vides aux repas. Le problème de ma sœur planait, encombrant l'atmosphère de notre huis clos. Je m'imbibais comme une éponge du conflit entre mes parents. Nous mangions dans un silence de plomb. On aurait pu entendre une mouche voler. La pression montait, au rythme du cliquetis des couverts sur les assiettes. Je finis par jeter ma cuiller et sortis de table. Quelques minutes après, rouge comme une pivoine, criant, sautant comme un kangourou, je revins en hurlant à l'adresse de mes parents : « Vous êtes dégueulasses, vous n'avez pas le droit de vous opposer à leur amour, moi je ne pourrai jamais être amoureux et vous voir agir ainsi me rend dingue... »

La semaine passa, l'orage aussi. Le dimanche suivant, l'occasion d'un moment d'intimité avec ma mère se présenta. « Ne t'inquiète pas, me dit-elle, le temps va apaiser les esprits. Mais je voudrais revenir sur quelque chose, pourquoi as-tu dit que tu ne tomberas jamais amoureux ? » Je lui rétorquai : « Ce n'est rien, j'étais en colère. » Elle insista : « Non, Gonzague, je voudrais savoir, je sens que tu as un problème, c'est physique, tu as peur des filles ? Tu es homosexuel ? » Pour la première fois, dans des circonstances sérieuses et propices, quelqu'un, et pas n'importe qui, me posait la question essentielle de ma vie : « Es-tu homosexuel ? » Le mot était lâché. Je me tenais là, blotti contre ma mère. Pendant quelques secondes, une révolution se fit dans ma tête. Je me disais : « Je peux en parler, j'ai la possibilité de ne plus être dans le spectacle et le mensonge. » Je répondis simplement « non ». Je n'étais pas prêt. À cette période, je ne m'aimais évidemment pas du tout, me dégoûtais même, et l'idée que ma mère me vît tel que j'étais, répugnant à mes yeux, me faisait honte. Je craignais son rejet qui signerait ma fin. La solitude déborderait mes conflits pour envahir toute mon existence et toutes mes défenses tomberaient à mes pieds, mettant à nu toute ma vulnérabilité. Je ne pouvais me permettre ce rejet. Le soutien de ceux qui me prodiguaient quotidiennement leur amour m'était indispensable.

Je me voyais déjà comme un monstre, et mon image se dévalorisait encore à mes yeux. Je me considérais en tout point comme une sous-merde. Physiquement, psychologiquement, scolairement. En permanence en situation d'échec, je me sentais totalement nul.

La capitulation

Un jour, dans un train qui rejoignait la maison de campagne de mes parents, un sac occupait le siège devant moi. Je fabulais sur une hypothétique bombe à l'intérieur, et sur l'opportunité qu'elle m'offrirait d'en finir. J'écrivis alors : « Sûrement il ne me reste que peu de temps. Ma vie est en danger, je vais mourir. Un sac marron est au pied du siège qui me devance. C'est étrange, je n'ai pas peur. Nous n'avons pas peur, devrais-je dire, car le siège de devant n'est pas inoccupé. Non, elle est là, la rebelle dont je hume le parfum délicieux. Elle a laissé sa faux au vestiaire et n'a gardé qu'un cartable en cuir. Quitter ce monde absurde maintenant. La belle idée. Abandonner ce corps qui me répugne, ces instincts qui me dégoûtent, ces échecs qui me crèvent le cœur et le corps. Que laisserai-je derrière moi ? Quelques pleurs, le sentiment d'une vie ratée. Tout peut sauter. Tout doit sauter. J'attends en fermant les yeux... »

Dans le train, je me sentais mal, mais dès l'arrivée je sautai au cou de mes parents, plus que jamais dans l'apparence d'une dynamique de vie. Après le déjeuner, avec légèreté, je demandai à ma mère de corriger les fautes d'orthographe de ce qui serait peut-être mon premier roman ! Elle trouva que j'avais « l'esprit tordu » mais ne me prit guère au sérieux comme futur Goncourt. Englué dans ma double personnalité, je trompais à nouveau mon monde, transformant un texte intime en un délire d'ado perturbé.

Parler du désir de mourir et l'écrire peut-il passer pour une étape normale et banale du développement de l'enfant ? Que celui-ci pose des questions auxquelles ses parents répondent paraît souhaitable, sinon, entre fantasmes, tabous et cauchemars, les non-dits risquent d'engendrer une violence dans ses représentations de la mort. L'adulte ne peut se défiler par le classique : « Il comprendra plus tard. » La situation se complique quand l'ado parle de suicide et ne trouve pas de réaction. Il ne s'agit plus de la mort en général, mais de désir de mort, la sienne. Bien souvent, les parents ne réagissent pas. Ils considèrent le suicide comme une étape obligée, nécessaire, voire romantique, de la crise d'adolescence, et la société admet facilement et même banalise cette fascination des adolescents pour la mort. Or le suicide représente la deuxième cause de mortalité chez les jeunes. Comme il est difficile de déceler des idées morbides chez eux, lorsqu'ils nous offrent un signe évident, en parlent, même de manière détachée, une discussion devrait s'ouvrir.

Ma mère ne pouvait pas se douter de mes instincts suicidaires. J'agissais toujours pour ne pas être compris. Je brouillais les pistes en permanence. Jamais ma tristesse ne se lisait sur mon visage et aucun geste ne trahissait mes angoisses. Je n'écrivais qu'en symboles, en code secret dont moi seul détenais les clés. Ce jour-là, à travers ce texte, j'appelais au secours, mais en silence. Sans un mot je hurlais ce message : « J'ai peur de me faire mal, maman, parce que je suis homosexuel. » Mais l'amour ne résout pas tous les problèmes. L'affection d'une mère pour son enfant ne lui permet pas de se mettre à sa place. Elle peut l'accompagner et l'entourer de toute sa tendresse dans ce qu'il voudra bien partager. Elle ne pourra malheureusement jamais briser sa coque défensive, celle qui cache ses secrets les plus intimes.

J'osais enfin écrire la vraie raison de mes tourments. « Ce corps qui me répugne, ces instincts qui me dégoûtent. » Bien sûr, les obsessions ne se remplaçaient pas mais s'additionnaient : « Que laisserai-je derrière moi » pour la solitude, « tout doit sauter » pour la mort. À l'époque, le désir de mourir m'obsédait. Entre quinze et vingt ans, je ne vivais plus, je survivais. Le répit entre deux idées morbides était insuffisant pour pouvoir mener une existence sereine. Bien sûr, en allant aux toilettes, je ne pensais pas me noyer dans la cuvette ! En revanche, il ne se passait pas une journée sans que les idées d'homosexualité monstrueuse, d'absence d'amour, ou de désir de mort ne vinssent m'envahir.

Un rien de la vie quotidienne me renvoyait à une de ces trois obsessions. Si un couple se tenait par la main, la jalousie me torturait, me rappelait que l'amour était interdit aux pédés et l'envie de mourir me prenait. Un professeur mettait en valeur un camarade pour une réussite scolaire : immédiatement ma propre médiocrité s'imposait au monstre homosexuel qui finirait seul. Vivement la mort. Je me mutilais psychiquement comme pour me protéger d'une auto-agression physique. D'une main, je me meurtrissais de l'intérieur, de l'autre je pansais ces plaies sans cesse renouvelées. Le contact avec l'extérieur s'interrompait.

Aucune source de plaisir, de tendresse ou simplement de réconfort ne pouvait traverser ma peau. Enfermé dans ma bulle de souffrance, je m'éloignais de la civilisation. Je partais beaucoup trop loin pour pouvoir recevoir une aide quelconque. Personne ne pouvait plus rien pour moi. L'amour le plus fort trouvait ici ses limites, son impuissance. Il se résumait à une bouteille d'oxygène, une bouée de secours à laquelle, quand l'étouffement devenait insupportable, je me rattachais quelques minutes avant de sombrer à nouveau. Parfois la douleur me submergeait et je la vomissais sur mon entourage. Cette méchanceté gratuite, toutes ces petites phrases assassines, ces piques qui faisaient mal exorcisaient pour un moment seulement ce mal qui me rongeait. Il ne fallait pas m'approcher, encore moins toucher la boule de nerfs qui pourtant n'espérait rien d'autre.

Parfois, l'idée de me foutre en l'air me passait par l'esprit. Je n'aimais pas l'été. Trop de joie, trop d'artifice, trop de difficultés. Je préférais l'hiver. Il me semblait que tout le monde était triste en cette saison. Un soir, je travaillais en salle d'étude mais ma tête s'évadait ailleurs. Je regardais la neige tomber et mes seize années pesaient lourd sur mes épaules. Tandis que mes camarades révisaient leurs devoirs, je composai ce poème :

« La vie est bien triste ce soir.
Attablé à mon bureau je pense
À ceux que je désirerais voir
Avant d'abîmer ma panse.

Venez donc joie et bonheur
La lumière ne vient que de ma lampe

Venez vite faire mes honneurs
Avant d'abîmer ma tempe.

Triste soir, triste vie
Qu'est la mienne en ces temps noirs !
Venez me rejoindre dans mon lit
Avant que je ne m'abîme ce soir. »

Je n'agissais pas comme un suicidaire actif, mais plutôt comme un suicidaire passif. La mort devait venir à moi, pas le contraire. Ainsi, je traversais toujours la rue avec le secret espoir de me faire écraser par un camion. Cette idée s'imposait à moi à tout moment. La nuit, les rêves prenaient parfois le relais. Mon corps se paralysait lentement, seuls mes yeux pouvaient encore bouger. Ils fixaient une énorme épée suspendue au-dessus de moi. Le filin qui retenait le glaive, infiniment fragile, ne cédait pas. Damoclès prenait tout son sens. Je priais alors le Seigneur de couper cette maudite corde, d'arrêter de jouer avec mes nerfs. Je n'en pouvais plus. La peur se mêlait à l'envie. La mort m'angoissait mais je voyais en elle le seul moyen de me libérer. Je priais encore. Puis le filin cédait, mes yeux exorbités suivaient la lente progression de l'épée vers moi. Elle tombait petit à petit en direction de mon visage et je ne savais plus si je regrettais mes prières ou si je les assumais pleinement. L'angoisse envahissait mon cerveau et déconnectait tous les neurones de la raison. L'épée n'en finissait pas de tomber, et je me réveillais en sueur, convaincu de coucher avec la mort.

En pension, certains soirs, je n'arrivais pas à m'endormir. Je luttais contre des idées lancinantes qui martelaient ma tête et dont je ne parvenais pas à me débarrasser : « T'es une merde, t'es un sale pédé. » Comme d'habitude, lorsque je me trouvais à bout de forces, je finissais par prier : « Seigneur, faites que je meure. »

Un jour, Philippe me fit un cadeau très particulier. Un livre vierge dont la reliure en cuir retenait des pages totalement blanches. Cet ami me connaissait très bien et m'offrait là une possibilité de dépasser mes angoisses. Il recevait souvent le flot ininterrompu de mes confidences, savait écouter sans juger, sans sourciller, et méritait bien son doux surnom de « gerboire préféré ». Il eut l'intelligence de comprendre que mon salut ne dépendrait pas de ses conseils ni même de l'attention qu'il me prêtait. Intuitivement, il savait que la clé de mes angoisses se trouvait en moi et que l'écriture pourrait m'en libérer.

Je rentrai à la maison et m'enfermai dans ma chambre. Sur la première page, je retranscrivis une chanson de Michel Berger. « Celui-là passe toute la nuit à regarder les étoiles en pensant qu'au bout du monde il y a quelqu'un qui pense à lui... Où qu'ils aillent, ils sont tristes à la fête, où qu'ils aillent, ils sont tristes dans leur tête »... Plusieurs semaines après, je noircis la seconde page. Il s'agissait de mon testament. Après la liste des « invités » à l'enterrement, je décrivais avec précision le déroulement souhaité de la cérémonie. Je voulais que mon père lise le passage du *Petit Prince* où ce dernier se fait piquer par un serpent, puis je désirais une chorale avec des chants de Gospel. À la fin de l'office, un grand pique-nique devait rassembler tous les invités. Le testament s'achevait avec une remise de cadeaux. Philippe héritait de mon panda, le seul à partager mes nuits, et je laissais à Nicolas le soin de terminer *L'Anti-sociétiste*, et de choisir si Arthur finissait ou non par sauter. Quelques semaines plus tard, j'écrivis cette lettre, la dernière :

« J'ai mal... je marche dans la rue, les yeux rivés au ciel ;

Dieu, envoie un éclair, tue-moi.

Cela va si vite un éclair et puis au moins on ne souffre pas.

Tellement seul. Je me sens trop seul.

Gonzague sur Mars, il regarde les gens qui l'entourent. Il ne les reconnaît pas. Il est seul. Plus les gens sont bons avec lui, moins il les reconnaît. Ses parents lui tendent la main, il ne les reconnaît pas. Les amis... il ne les reconnaît pas. Il jouit dans cette solitude qui le fait souffrir. Il se rencontre enfin, il ne se reconnaît même pas. Pire, il se déteste.

Même Dieu il ne le reconnaît plus. Ses yeux sont devenus tout blancs et son cœur tout noir. Il s'en veut de ne pas avoir reconnu ses parents. Oui. Plus ils sont bons avec lui, plus il les regarde comme des étrangers. En fait, il veut son petit malheur à lui. Et l'isolement, quel malheur. Je crève de la solitude que j'ai choisie. »

Obsédé par mes problèmes, je ne distinguais plus le monde autour. Emprisonné par mon corps, j'enviais un ailleurs où tout se passerait mieux. Je rêvais de partir pour un pays qui m'affranchirait de l'image que je me construisais. L'idée de tout quitter et que les autres me pensent mort me séduisait. Je voulais vivre « l'itinéraire d'un homo gâté », organiser ma mort, tout quitter et reconstruire ma vie ailleurs.

À l'époque, j'imaginais un monde sans homophobie

où je pourrais arriver partout en disant : « Je suis homo », et où aucun problème ne surgirait. Dans l'ailleurs, je ne rêvais même pas de tomber amoureux, simplement de pouvoir être moi-même. Enfin m'oublier, ne plus penser à moi mais un peu aux autres.

Le contact avec mes parents, exclus de mon univers, se rompait progressivement ; ils devenaient de plus en plus des étrangers à mes yeux. Nos relations étaient cadrées, huilées, mises en scène une fois pour toutes. Leurs problèmes ne m'intéressaient plus et je ne leur donnais pas l'occasion de s'intéresser aux miens. Curieusement, je devenais aussi un inconnu à moi-même. Obsédé par mes soucis, je ne savais plus qui j'étais.

Le plus difficile pour ma mère, quand je lui annonçai mon homosexualité quelques années plus tard, fut, avant le regard des autres, le sentiment que nous étions devenus soudain des étrangers l'un pour l'autre. Elle découvrait son vrai fils qu'elle ne connaissait pas encore. J'ai alors essayé de l'accompagner dans sa douleur, connaissant cette odieuse sensation. Nous n'avions plus rien en commun, sinon notre passé artificiel et nos relations restaient à construire.

Pendant toutes ces années d'enfance, je détestais leur mentir ou les entendre discourir sur moi, sans aucun lien avec ma réalité. D'autant que j'étais le seul à pouvoir instaurer des rapports vrais. Je me taisais pour mieux les protéger. Cette relation, pour artificielle qu'elle fût, n'enleva rien à la sincérité et à l'absolu amour que mes parents me portaient. Mon éducation me précipita dans le mensonge, mais, en contrepartie, elle me protégea de la mort.

La découverte

Les valeurs transmises m'évitèrent de passer à l'acte et me donnèrent la possibilité de bâtir ma vie sur des repères solides, afin de la concevoir comme une force sacrée.

2

La révolution en marche

La non-vie

Les Spoons avaient trois enfants. Mat, l'aîné, correspondait avec mon frère, et passait les vacances d'été à la campagne avec nous. Il devait souffrir de la chaleur car il exhibait tous les après-midi son torse nu, un buste sculptural digne des photos de mode. Assis sur un transat, caché derrière des lunettes noires, je le regardais déambuler dans le jardin, s'activant sans répit à des tâches de jardinage ou de bricolage. Sous l'effort physique, son corps suait, dégageait une animalité contagieuse, et mes mains serraient un peu plus fort le livre qui me servait d'alibi. Le bellâtre blond m'émut tout l'été, et son départ laissa dans mon cœur un goût amer de trop peu.

L'année suivante, je me rendis à mon tour chez les Spoons. Pour la première fois, je sortais du cocon familial. Je découvris Doug, clone jouvenceau de son frère aîné, et tombai immédiatement amoureux de lui. Une tête blonde aux yeux bleus fixée sur un corps athlétique. Je me sentais tout disposé à apprendre sa langue, et plus si affinités. Malheureusement, peu de points communs nous réunissaient. Il aimait la simplicité et jouissait d'une partie de pêche ou de football, des plaisirs incompatibles avec mon état d'esprit. De plus, mon anglais minable ne m'aidait pas à renforcer nos liens. L'expression que je maîtrisais le mieux, « *I love you* », semblait vraiment difficile à placer dans la conversation ! Comme d'habitude, j'essayais de le faire parler de sa sexualité. Mais je ne le sentais pas sensible au sujet et n'envisageais donc pas de partager avec lui des secrets. Je craignais qu'il ne le prenne mal et le rapporte à ses parents. Je me voyais déjà à la rue, réexpédié dans mon pays avec l'étiquette « homo » sur le front !

Je comprenais que partir loin de chez soi ne changeait rien aux données du problème. À seize ans, mon adolescence débutait à peine et l'idée de devenir adulte me terrorisait. Le décalage entre l'angoisse de ma sexualité et un environnement ultra-protecteur créait un malaise. Il me semblait indécent de ruminer des idées noires dans un milieu familial aussi aisé. Dès mon retour, j'écrivis le texte suivant : « Je ne suis pas né au bon moment. En retard d'un demi-siècle, je ne suis pas vraiment heureux maintenant, je ne vis que pour les antiquités. Finalement, je suis un rêveur, un éternel insatisfait qui ne vit qu'à travers des films ou les expériences des autres. Ma vie est pourtant si parfaite. Un bon milieu, une famille adorable, de l'argent — il en faut — tout, sauf un détail... le piquant, quelques couleurs à ce tableau monotone, mais cette palette, je ne la retrouve que chez les autres. Il aurait fallu que je vive en 1945, dans une pension très sévère, avec l'ambiance créée par la guerre, mais sans la guerre. Y connaître l'amour, l'amitié, le délire et beaucoup d'autres choses. Puis vers dix-huit ans me retrouver dans une chambre de bonne, indépendant avec des tas de copains et un ou une amie. Profiter au maximum de la fin des années de jeunesse pour enfin être grand-père sans jamais avoir eu de vie avant, une longue période que je ne désire pas réellement vivre. Adulte est un mot qui me fait frissonner et qui m'attire bien peu. Enfin, faire une grande œuvre pour laisser une empreinte, ne jamais être oublié... jamais. Et puis je pourrai me coucher, dormir tranquillement. Quel beau voyage ! »

Tous les adolescents rencontrent des difficultés propres à leur âge. Les garçons guerroient pour la perte de leur pucelage. D'aucuns dépriment sous les quolibets visant leur faciès boutonneux. D'autres encore transposent à l'école les fractures familiales. Chacun, en prise aux angoisses, aux crises existentielles, lutte avec ses armes incertaines pour tenter de s'extraire du magma pubertaire. La découverte de la sexualité constitue bien sûr un trouble universellement partagé, les enfants gays n'en détiennent pas le monopole. Et les douleurs juvéniles ne se rattachent assurément pas toutes à la libido.

Quant à moi, mon homosexualité résumait ma non-vie. Je regardais mes congénères se débattre de loin car leur combat n'était pas le mien. Je refusais la vie. Elle m'effrayait trop. Elle se montrait pourtant généreuse à mon égard, mais je préférais lui tourner le dos. Détestant le présent et redoutant le futur, je n'arrivais plus à imaginer l'avenir. Je désirais que la mort vienne à moi d'elle-même, mais je savais l'absurdité d'un tel espoir. Condamné à vivre, je quêtais des solutions pour traverser la vie.

La religion

Mon entourage ne me connaissait pas d'aventure amoureuse et cette situation finit par le troubler. « Pourquoi tu n'as pas de petite amie ? » À quinze ans la réponse importe peu, car l'enfance constitue en soi une explication. Je répondais : « Cela ne m'intéresse pas », et ils se disaient : « Cela changera. » Mes parents m'imaginaient à la recherche de la femme idéale ou d'une certaine spiritualité, m'imputant volontiers des inclinations pour la prêtrise. Je redoutais l'avenir proche où ma différence et ma solitude exigeraient que je me justifie, ce qui décuplerait les souffrances de l'enfance. Il devenait urgent pour moi d'anticiper l'avenir.

Mes obsessions envahissantes ne me laissaient pas le temps de m'occuper de moi, de me connaître, de me construire. Ainsi, mon caractère souffrait d'une certaine faiblesse et je vivais par procuration, m'imprégnant de l'existence des autres. L'idée de rentrer dans les ordres s'inscrivait dans ce parcours. De ma famille pratiquante aux collèges catholiques, je baignais dans une ambiance pieuse qui influença mes aspirations ultérieures. Pour contrecarrer l'homosexualité honteuse, je ne pouvais pas me projeter comme adulte autrement que dans une voie totalement irréprochable. Je recherchais une certaine admiration sociale, une reconnaissance, et surtout la fierté de mes parents. La prêtrise offrait un compromis idéal et constituait par ailleurs une parfaite manière de s'oublier. Je souhaitais perdre mon identité, me définir par de nouvelles caractéristiques, endosser l'habit de frère Gonzague, exhiber le « frère » et éclipser « Gonzague ». Dès lors, le terrain devait se préparer pour imposer progressivement, aux autres et à moi-même, l'idée d'un intérêt grandissant pour les ordres. Je réunis donc pas à pas tous les ingrédients d'une vie austère en cohérence avec mon idée de la religion, une existence difficile sur terre avant un paradis glorieux.

J'assumais mal mes conditions de vie privilégiée car elles ne pouvaient pas excuser mon malheur. Je trouvais indécent de bouder la vie quand par ailleurs elle me gâtait autant. Ainsi, je regrettais de ne pas vivre dans une certaine austérité, dans un contexte social beaucoup plus violent, qui aurait expliqué à lui seul mon mal-être. J'aurais alors pu rejeter la faute sur les autres, et leur en vouloir m'aurait aidé, comme si des verrous supplémentaires facilitaient la vie. J'aurais enfin pu me décharger de ma responsabilité, ma « maladie » aurait trouvé son origine dans des conditions de vie pénibles. Mais tel n'était pas le cas. Le seul responsable de mes malheurs était moi et personne d'autre.

Alors, je me créais les conditions de ce passé dans le présent et m'inventais une vie ascétique dans laquelle j'avais de bonnes raisons d'être malheureux. Je devins de moins en moins matérialiste et de plus en plus mystique. Ces apparences d'austérité que j'offrais en ne sortant jamais et en ne m'octroyant aucun plaisir me donnaient une consistance d'être humain et une existence aux yeux des autres. J'entretenais un certain anachronisme, ne manifestant d'intérêt que pour les antiquités, les arbres généalogiques ou les vieilles reliures. Noyé dans la culpabilité judéo-chrétienne, je ne m'autorisais rien, et surtout pas de plaisirs sexuels ou de gains d'argent. L'homosexualité m'écœurait, si en plus j'ajoutais le vice de la cupidité, où allions-nous !

J'ambitionnais de devenir un saint, non seulement par prétention mais surtout parce que c'était l'unique possibilité de laver mes souillures. Il me fallait choisir entre saint et pédé. Le second n'avait pas sa place au paradis, et le premier ne pouvait se concevoir des billets plein les poches de sa soutane. Je devais donc me débarrasser de tout ce que je possédais et, une fois nu, me donner complètement aux autres. Tel était le prix à payer pour avoir une petite chance d'obtenir un strapontin aux côtés de Jésus. À seize ans, je ne possédais pas grand-chose. Dans ma perspective de sainteté, je refusais de dépenser pour moi, l'argent ne me servait donc à rien. Il constituait même un danger car je ne me sentais pas toujours capable de le donner, de ne pas le garder de manière égoïste. Ce dénuement servait une générosité facile de ma part.

Un jour, j'entendis à la radio une bonne sœur expliquer qu'il existait de la violence dans la possession, car nous étions toujours tentés de défendre ce que nous possédions. L'homme ne pouvait s'épanouir totalement que dans la pauvreté. Cette phrase me marqua énormément. Je ne voulais pas ajouter à une violence intérieure une seconde venue de l'extérieur. J'écartais toute situation de violence potentielle.

Ainsi, j'évitais l'argent et donnais le peu qu'il me restait. Ces actes qui me coûtaient, par ailleurs me faisaient exister, et naïvement je monnayais une bonne conduite, négociant une place sociale. Je me dégoûtais tant qu'il me semblait logique de sombrer dans l'indifférence la plus totale. La seule alternative résidait dans l'admiration qu'il me faudrait acheter.

J'aurais tellement voulu que cela fût possible de devenir saint. Mais le nouveau plan de bataille organisé pour sauver mon âme tombait à l'eau ! Incompétent pour la demi-mesure, je cherchais des solutions toujours dans l'extrême, l'irréalisable. D'ailleurs, dans mon optique religieuse, je ne m'imaginais pas en petit prêtre guilleret avec costard et guitare, mais plutôt en moine avec robe de bure rêche, pieds nus dans des sandales, marchant dans la neige pour rejoindre son monastère sinistre ! Telle était ma pénitence, car seule la souffrance pouvait laver mes fautes. C'est alors que je rencontrai une communauté qui correspondait exactement à mes attentes. Jeunes, ces prêtres obéissaient à des règles strictes et pourtant arboraient une mine joyeuse. L'idéal ! Tout le monde m'admirerait si j'entrais chez eux.

Au-delà du décorum, de la « couverture », les bondieuseries me touchaient sincèrement et l'idée d'un Jésus aimant me bouleversait profondément. J'avais du mal à croire en son amour, je ne m'en sentais pas digne. Pourtant, je percevais sa présence comme familière et le soir, quand je pleurais, j'empoignais un crucifix et me mettais à lui parler. Jésus était le confident que je n'avais jamais eu.

Une fois encore, mes souhaits exhalaient la contradiction. D'un côté, la vie de prêtre me semblait facile, dans l'abnégation et le déni de soi. De l'autre, je refusais le mensonge, surtout envers Dieu. Enfin, je redoutais l'atmosphère constamment masculine des séminaires. En pension, déjà, mes sens s'étaient excités pour la plupart des garçons imaginés d'office hétéros avec une copine. Dans une communauté de moines asexués, la situation m'apparaissait plus que compliquée. L'expression de mon désir se révélait impossible, mais sa négation douloureuse.

La pension dégageait une ambiance particulière. De longs dortoirs, des lits à peine séparés par une petite armoire, des sommiers à ressorts, véritable alarme pour tout mouvement suspect, bref, tous les ingrédients pour tuer l'intimité. En plus, l'atmosphère ne suggérait pas la liberté sexuelle. Quelques mois après mon arrivée, une anecdote connue de tous me revint aux oreilles. Un élève avait déclaré sa flamme à un autre. Ce dernier, au lieu de poser une interdiction de lui-même en s'expliquant franchement, préféra se plaindre au surveillant. D'un commun accord, tous deux mirent au point un piège pour démasquer l'homo indésirable. Ce pauvre élève reçut un billet de rendez-vous. Il s'y rendit et fut accueilli par plusieurs surveillants qui le mirent immédiatement à la porte. La mésaventure du garçon dénoncé me servit de leçon et ne m'incita pas à la confidence. Il fallait se taire. Elle conforta mes inhibitions, me maintenant dans l'illusion que j'étais l'unique gay du collège, la brebis galeuse en sursis.

Les élèves entretenaient des relations extrêmement érotiques entre eux. S'agissait-il du regroupement unisexuel, du fait de l'adolescence, ou de la contagion de ma propre sensibilité, je l'ignore, mais régulièrement mes émotions trouvaient un écho dans le comportement de mes camarades. La grande majorité des garçons bouleversaient mes sens. Peu importe vers qui ma passion était tournée : j'étais obnubilé par ma propre complexité, je ne concevais pas l'amour comme un partage ou un échange. Deux exemples me reviennent en mémoire.

Guillaume me plaisait beaucoup. Son visage enfantin illuminait un corps élancé et délicat. Un sourire permanent trahissait une gentillesse non feinte. Régulièrement, nous nous retrouvions en salle d'étude pour travailler. Les livres de mathématiques demeuraient irrémédiablement fermés et nous préférions discuter, partager notre goût commun pour la poésie. Un jour, il m'offrit un poème qui se terminait ainsi : « En disant parfois je t'aime, dans un cadre particulier, dépassant souvent l'amitié. » À l'époque, l'ambiguïté du couplet ne m'effleura même pas. Pourtant, j'aimais bien Guillaume et, la nuit, il occupait une place de choix dans mes rêves les moins avouables. Je ne sais pas comment il envisageait cette relation car, au quotidien, son comportement ne laissait pas soupçonner qu'il aurait pu souhaiter plus qu'une amitié entre nous. Il tomba malade et dut quitter le collège, emportant avec lui sa version des faits.

Début d'année. Mon statut de petit nouveau m'angoissant un peu, je préférais le fond de la classe pour mieux me dissimuler. De l'autre côté, collé au radiateur, Ludovic lisait ostensiblement le journal. Redoublant, il signifiait ainsi sa supériorité. En attendant l'inéluctable remontrance du professeur, il parcourait joyeusement son canard. Il remarqua vite que je l'observais. Plus exactement, je le dévorais des yeux, débordant d'admiration pour sa révolte, son culot de défier ainsi le corps enseignant. Il me regardait lui aussi et me décochait des sourires généreux, liquéfiant mon cœur romantique. Une amitié immédiate nous scella l'un à l'autre pendant de longs mois. Son hétérosexualité pour moi évidente m'interdisait de m'engager au-delà des frontières de la camaraderie. Un soir, je vins me coucher à ses côtés. Il semblait satisfait de la situation, même si la présence des autres pensionnaires de la chambrée devait le mettre un peu mal à l'aise. Pour ma part, j'attendais l'extinction des lumières, redoutant la traversée du dortoir à cause d'une érection impossible à dissimuler dans un pyjama élastique. Nous restâmes quelques minutes dans le noir l'un près de l'autre, en silence. Une intimité gênée mais réelle unit nos vies l'espace d'un instant. Ni rejet ni accord tacite. Je retrouvai mes draps, brûlant d'une ardeur pulsionnelle incontrôlable, plus seul que jamais. Ludovic quitta le collège et entra en première dans un lycée non loin. Régulièrement, en passant, je le recherchais dans la foule des élèves massés devant les grilles. Jamais je ne le revis.

La pension créait un univers érotique contrasté, parsemé d'allers et retours entre intimité et comportements survirilisés, caresses ambiguës et vantardises machistes. Perdu dans ces incessants mouvements de yoyo affectif, prudent, je ne me livrais pas, je donnais peu, ne m'investissais guère, préservant ainsi une façade sociale acceptable.

Mon attitude ne laissait pas les prêtres indifférents. Ils éprouvaient le besoin de venir me parler, comme s'ils décryptaient sur mon front : « Attention, problèmes ». De même leur présence me rassurait car ils incarnaient une certaine réflexion, une certaine sagesse, en d'autres termes la guérison.

Deux expériences me marquèrent pendant cette période. À Lourdes, un jeune prêtre enivrait les foules. Sa soutane inspirait le respect, et ses paroles la déférence. Il maniait les concepts religieux avec humour, humanisant Dieu, le rendant accessible, même pour un païen avéré. Ses convictions contagieuses touchaient les cœurs et dynamisaient nos vies. Quelques jours après le début du pèlerinage, il entama son sermon par une histoire et un commentaire sur un choix qu'il avait dû faire la veille. En suivant du regard une fille, il avait vu un jeune pèlerin penché sur le brancard d'une mamie. Il avait été touché par leur échange de sourires. Il nous encourageait ainsi à plus d'attention pour notre entourage et à préférer l'émotion au plaisir facile. Le repas terminé, il vint à ma rencontre, m'expliqua que j'étais le brancardier de l'histoire. Une amitié durable s'établit entre nous.

Quelques années plus tard, je lui confesserais pour la première fois mon homosexualité. En vacances dans sa ville, je le sollicitais pour des conversations sans fin, tournais sans cesse autour du pot. J'exerçais sur lui une certaine violence, l'amenais à dévoiler ses blessures, à déprécier ses conditions d'abnégation. Il continuait pourtant à m'offrir son inconditionnelle amitié. Il sentait en moi une colère et se persuadait que je valais mieux qu'elle. Un matin, j'osai enfin lui demander le sacrement de pénitence. Je m'agenouillai à ses côtés dans une minuscule sacristie. Après avoir embrassé son étole, il se tourna vers moi et s'enquit de la date de ma dernière confession. Je ne m'en souvenais plus, plusieurs années en tout cas. « Quel péché désires-tu confier au Seigneur ? » Mes paupières fortement plissées retenaient avec difficulté mes larmes. Mes dents serrées gardaient les mots qui ne venaient pas. Le silence laissait à mon cerveau toute la liberté de hurler : « T'es un sale pédé, t'es un sale pédé, et tu penses que Dieu peut t'aimer ! Mais tu te fous le doigt dans l'œil, pauvre connard ! » Pas moyen d'ouvrir la bouche. « Il va sûrement penser : "Encore un immonde pervers, je peux mettre une croix sur notre amitié." Si je le dis, tout est fini, et plus rien ne sera comme avant... » Soudain, je marmonnai ceci : « Je suis un monstre, un homme qui préfère les hommes. » J'avouai enfin le plus lourd et le plus horrible de mes péchés. L'abbé me fit part de son embarras. Jésus n'avait rien à me pardonner en l'absence de faute commise. Il m'aimait à la hauteur de mes souffrances. Le curé comprenait l'homosexualité comme un amour vrai, mais désorganisé, et tout amour quel qu'il soit trouvait sa source en Dieu, jamais dans le Diable. Seul mon manque d'amour pour moi-même, mon autoflagellation participait aux blessures du Christ. En me mutilant je meurtrissais également le Seigneur qui m'habitait. Mon ami déposa alors son étole, me laissant interdit, puis bouillonnant, et enfin furieux. En sortant dans le jardin, je l'insultai, le traitai de prêtre de pacotille. J'exigeai l'absolution, certain de la gravité de mon forfait. Je critiquai sa conduite laxiste, véritable invitation à la débauche. Calmement, il déplora l'inanité de ma conduite, mon manque de confiance en Jésus, présent toujours au cœur de nos péchés. Par frilosité, je refusais le risque de me tromper et ainsi de rencontrer le Christ. Un an après, je lui envoyai une lettre pour lui raconter mon quotidien, mes difficultés, mes souffrances. Il me répondit de très belles phrases : « Toute forme d'amour mène à Jésus. » « Approfondis la connaissance de toi-même dans l'unité de l'amour et non dans la fracture. » Et aussi : « On peut très bien vivre sans punition. » « Dieu ne veut pas de souffrance inutile. » À l'époque, ma vision de l'homosexualité étant encore très homophobe, je ne comprenais pas son message, il me semblait permissif. J'attendais un discours plus radical.

Quelques années plus tard, ma vision changea. Je me sentais à un carrefour très sensible de ma vie et les mensonges me coûtaient de plus en plus. En permanence, une multitude d'interrogations se bousculaient dans ma tête, sur la solution du suicide, celle du mariage ou encore la possibilité d'une guérison. Une question centrale m'obsédait : ne valait-il pas mieux aimer un homme, prendre ce risque, que de n'aimer personne ?

Allant à un mariage, je partageai la voiture avec des cousins et un moine. Le frère Hyppolite, ami des mariés, devait présider la célébration. Durant le voyage, nous fîmes connaissance et une complicité s'établit d'emblée, si bien que le flot de nos conversations ne tarit pas du parcours. De l'habit gris jaillissait la jeune tête rousse du prêtre, rayonnante de vitalité, d'enthousiasme. Nous parlions de tout mais surtout de rien. Cependant, le courant de mes paroles dessinait une spirale qui nous conduisit tout naturellement sur mon terrain de prédilection, l'homosexualité. Il déclara : « Les homosexuels, les violeurs, les pédophiles. Tout ça. Il y a une perversion, aujourd'hui socialement admirée. Comme toujours, l'homme préfère Barrabas à Jésus. » Je bondis face à une telle intolérance. Il répliqua : « La tolérance, cela ne veut rien dire, on utilise ce mot à tout-va, je préfère parler de miséricorde. » Ulcéré par ses paroles, je lâchai que certains de mes amis gays lui casseraient à juste titre la figure devant de tels propos. Il conclut : « Présente-les-moi, je les guérirai. » Au cours du mariage, Hyppolite chercha ma compagnie. Un lien curieux nous unissait, comme une fraternité artificielle mais non moins évidente. Peu avant le repas, il me proposa de l'accompagner à l'église. Nous priâmes côte à côte dans un silence religieux. Il me regarda, il sentait une souffrance en moi et me le dit. Je ne répondis pas et il respecta mon mutisme. Nous sortîmes alors pour reprendre notre discussion sur les chemins de campagne. Soudain, je m'arrêtai, le fixai droit dans ses yeux bleus, pour lui déclarer avant de fuir : « Je suis homosexuel et je reviendrai vous voir pour ma guérison. » Je ne le revis plus de tout le mariage... Deux mois s'écoulèrent.

Deux mois d'euphorie, deux mois où tout semblait possible. Enfin j'allais guérir, me débarrasser de manière définitive de cette sexualité encombrante. La normalité m'ouvrait finalement ses bras et une nouvelle ère pourrait débuter. J'imaginais un curé-gourou m'exorcisant, brisant le Malin à coups d'incantations divines, expulsant de ma chair cette homosexualité indésirable. Je retrouvai l'adresse du curé guérisseur non sans mal, mais ma motivation effrénée ne s'encombrait pas de menus détails. Un soir, je restai longtemps immobile devant mon téléphone, hésitant à le décrocher. Il s'étonna de mon coup de fil, il n'avait pas vraiment cru en ma sincérité. Il me fixa un rendez-vous un dimanche soir après l'office. Sous une pluie battante, je filai à vélo, inquiet mais heureux, décidé à revenir différent. Arrivé en avance, je me postai dans le fond de l'église. Je meurtrissais joyeusement ma poitrine quand j'aperçus une étudiante de ma faculté. Craignant qu'en me voyant elle ne devine l'objet de ma confession, je me cachai au fond de la cour, pour plus de prudence, exposé ainsi au déluge. L'entretien débuta bien mal. Hyppolite ne cessait de parler et de me seriner toutes les banalités sur la vision homophobe de l'Église. Agacé, je le stoppai : « Je ne suis pas venu pour t'écouter parler, mais trouver des réponses aux questions que tu ne me laisses pas le temps de te poser. » Je lui demandai si l'amour entre deux hommes était possible. Il me répondit que non : « Il suffit de regarder autour de nous, les homos vont à droite et à gauche et n'ont aucune relation stable. » Je lui expliquai que je ne recherchais pas ce genre de relation mais plutôt un modèle chrétien. Je le poussai : « Hyppolite, pourquoi la fidélité ne serait pas possible entre deux hommes qui s'aiment ? » Il me ressortit le cliché : « On ne voit pas de telles relations chez les homosexuels. » Pourtant, j'existais et je n'imaginais pas être le seul homo sur terre à souhaiter une telle relation. Ne valait-il pas mieux prendre le risque d'aimer un homme, peut-être de se planter, mais au moins d'aimer quelqu'un plutôt que de ne pas aimer du tout ? « Non », commença-t-il. Je le repris immédiatement : « Toi, curé, tu oserais me dire qu'il vaudrait mieux ne pas aimer du tout ? » Un silence. « Je suis prêtre et il m'est impossible de te répondre oui... » Nouveau silence. Et d'un seul coup, une idée lui vint. Une troisième solution : transcender cet amour. Je lui demandai de préciser sa pensée. « Mais oui, Gonzague, il faut transformer cet amour que tu as en toi pour Dieu. Je t'offre de vivre cet amour dans une amitié avec moi. Justement une amitié sans ambiguïtés, sans relations sexuelles. » Je rompis la conversation et partis déçu. Mes espoirs de guérison s'envolaient à jamais.

Il me rappela deux mois après, pour me demander où j'en étais. Je lui fis part de ma frustration, une amitié avec un coup de fil tous les deux mois ne comblerait pas le vide effroyable que je ressentais. Je raccrochai et ne reçus plus jamais de nouvelles.

Finalement, je renonçai à devenir prêtre. J'aurais pu reproduire le schéma paternel et devenir militaire pour m'assurer malgré tout une vie de discipline. L'idée ne m'effleura jamais. Mon père ne parlait jamais de son métier à la maison. Il ne nous éleva pas avec le réveil au son du clairon et le brossage des dents en rang deux par deux. Pour lui, sa fonction s'arrêtait sur le pas de la porte. En plus, l'armée n'étant pas vraiment un rassemblement de célibataires, je ne risquais pas d'y trouver un statut social. L'admiration naît des galons, pas de la discipline ! Le respect naît du commandement, pas de la soumission... sauf à Dieu. Je trouvais un moyen plus simple de vivre, dans la laïcité, en tuant tout désir. Après tout, pour ne plus avoir envie d'homme, il suffisait de ne plus avoir d'envie du tout.

À la recherche d'une vocation

La plupart de mes camarades de faculté rêvaient de la carrière médicale depuis leur plus jeune âge. Pour certains, elle s'inscrivait dans un cheminement personnel et humaniste tourné vers autrui, pour d'autres il s'agissait davantage d'une transmission héréditaire, un désir plus ou moins assumé de reproduire un schéma parental. L'orientation vers un tel métier ne peut pas s'interpréter comme un choix anodin, elle reflète des motivations particulières. L'engagement auprès des malades, de la souffrance, la volonté de lutter contre la dégradation de la chair, le refus de l'aliénation de notre condition humaine. Aux aspirations altruistes se mêlent les soifs narcissiques, les flatteries de l'ego. Le médecin représente le sauveur de vie, celui à qui l'on doit la santé recouvrée, le notable à la position sociale enviée, le détenteur du savoir.

Honnêtement, je ne choisis pas cette voie par vocation. Il n'existait pas de médecin dans ma famille et mon père, vitupérant sans cesse contre eux, véhiculait une image plutôt négative de la profession. Le seul exemple un peu édifiant restait le Docteur Schweitzer, dont la biographie figurait en bonne place dans la bibliothèque familiale.

L'idée me vint au collège, lorsqu'un de mes amis critiqua ses parents médecins qui préféraient leurs patients à leurs propres enfants. Je compris alors que certains métiers pouvaient s'exercer sans limitation d'horaires, sur un mode sacrificiel, amalgamant la vie à la carrière. L'idée se nicha dans un coin de mon cerveau et hiberna en attente d'un réveil futur.

Mes pseudo-vocations portaient la marque de mon milieu catholique. Ainsi, pendant un temps je désirai devenir ingénieur, comme mes camarades. Nous rêvions de nous promener du matin au soir en veste et cravate, de revenir à la maison avec notre petite mallette et voir dans les yeux de nos proches toute la fierté du monde ! Évidemment, j'ignorais totalement en quoi consistait ce métier, d'ailleurs ingénieur en quoi ? La question revêtait peu d'intérêt, l'essentiel étant d'entreprendre des études prestigieuses pour exercer un métier prestigieux. Mais, progressivement, mes motivations s'estompèrent, et la désillusion prit le pas sur l'ambition. En terminale, l'argent ne m'intéressait plus, comme autrefois il me terrifiait. L'idée de médecine chemina alors, se clarifiant de plus en plus. Je m'imaginais devenant mon propre psychiatre, celui qui me guérirait. Chirurgie ou médecine humanitaire, peu importait, tant que ma carrière dévorerait tout mon temps et m'empêcherait de penser.

La respectabilité ou le côté « socialement correct » de la fonction ne me séduisirent pas de prime abord. En effet, j'avais encore des espoirs de sainteté et je me projetai dans l'avenir en praticien pauvre, consacrant sa vie à ses patients dans l'anonymat le plus complet. De nouveau, je m'égarais dans les autres en endossant l'identité transitoire de « docteur Gonzague », rapidement abrégé en « Docteur ».

Naïvement, je m'engouffrais dans cette voie sans réflexion ni la moindre information. Déménageant tous les deux ans, nul médecin de famille ne suivait notre croissance et mes parents confiaient notre santé à des inconnus sans cesse renouvelés. J'ignorais l'organisation des études et découvris quelques jours seulement avant l'inscription qu'il y avait une sélection initiale par un concours. Mais ces études m'offraient une réponse toute trouvée aux questions sur ma vie sentimentale : « Parce que tu crois que j'ai le temps ! » Une nouvelle stratégie parfaitement ficelée était ainsi en place pour mieux justifier ma vie d'adulte et trois arguments expliquaient mon choix.

1. La classe de première venant de s'achever, je me reposais sur les plages d'Arcachon, chez mes grands-parents. Tante Isabelle vint leur rendre visite accompagnée de ses enfants, dont son fils Adrien, atteint d'autisme. Leur présence ne m'intéressait absolument pas. Un jour, je partais pour la plage quand Adrien me barra le chemin. Immobile devant la grille de la villa, il m'invita à un colloque singulier, silencieux, pesant. Il fixait avec insistance mon regard, sans aucun mot. Je le fixai à mon tour, refusant de baisser les yeux. Il grimaçait. L'échange me parut très long, plusieurs minutes. Puis il s'approcha de moi, ses lèvres à quelques centimètres des miennes. Je me sentais totalement pétrifié, incapable du moindre mouvement, à la seule merci de ce cousin et de sa bizarrerie. Je ne bougeais pas. Tout à coup, il s'approcha davantage, me caressa la joue, souriant de toutes ses dents, avant de s'en aller. Cet événement me marqua. Grâce à Adrien, je pris conscience de l'extrême complexité du psychisme humain. Dans les profondeurs de son regard bleu, il me semblait m'être entrevu. Peut-être

y avait-il un lien entre ses troubles et les miens ? L'autisme, repliement sur soi, pouvait me concerner, mais à travers une expression différente, dans une proportion moindre. Ce jour-là, perdu dans ma solitude, dans ma quête de réponse, je me dis que j'étais un autiste de l'amour. Alors pourquoi ne pas effectuer des recherches en psychiatrie infantile ? Ce serait une manière douce de devenir psychiatre, ce métier si mal considéré dans mon entourage, et peut-être de trouver enfin l'origine de ma maladie. L'étude du parcours de l'enfance, de ses troubles, me paraissait une étape essentielle. À défaut de sainteté, mon ambition débordante serait assouvie par la découverte des causes de l'autisme et de l'homosexualité.

2. En classe de première, un stage en entreprise était obligatoire. L'appel de la blouse blanche me titillant déjà, un ami m'obtint un poste dans un laboratoire de recherches spécialisé dans la trisomie 21. Je rencontrai alors un médecin dont le dévouement pour ses patients me toucha profondément. Son exemple me plut, car il confirmait la possibilité de se perdre en se donnant à l'autre.

3. Pour achever de me convaincre moi-même, j'arguais de l'ironie d'une publicité alimentaire pour les chats, diffusée juste avant celle pour le Téléthon. M'identifiant aux enfants handicapés, je ressentais avec cruauté l'intérêt, même s'il n'était qu'économique, pour le genre animal placé devant celui du genre humain.

J'avais ainsi un argumentaire parfaitement huilé à opposer aux questions indiscrètes, alors que j'ignorais totalement en quoi consistait le métier de médecin. Je m'imaginais guérir les patients uniquement par les vertus thérapeutiques de bonnes paroles. Ainsi, mon expérience de brancardier à Lourdes condensait mon futur métier : de grands sourires aux mamies.

Derrière ces raisons sincères — mon petit cousin autiste, mon stage ou mon expérience de brancardier à Lourdes —, se dissimulait en réalité une fuite supplémentaire, une véritable lobotomie. Je cherchais un métier qui m'absorbe complètement, une solution pour bouffer totalement ma vie. Au suicide directement physique se substituait un suicide par la profession.

Je réalisai rapidement l'ineptie d'une orientation vers la psychiatrie. Je ne devais pas choisir ce métier pour régler mes problèmes, mais pour soulager ceux des autres. Il me fallait donc commencer par résoudre mes propres conflits pour ne pas mettre en danger mes patients. Trop mal pour être honnête intellectuellement, je me rabattis sur la branche médicale la plus phagocytante : la médecine humanitaire. Elle représentait la vie ultra-respectable, vouée aux autres, l'idéal de l'oubli dans l'action. Vivre pour les autres pour ne pas vivre pour soi. En transcendant à mort, je rejoignais enfin mon curé dans son discours, j'offrais aux autres mon existence inutile, celle d'un homme humilié, blessé et triste.

« Mon pauvre Gonzague, ce que tu peux être idéaliste ! » Entre quinze et vingt-cinq ans, j'exprimais des utopies, des rébellions, des rêves régulièrement cassés par le cynisme des adultes. La soif d'absolu, la recherche d'un monde meilleur semble être le fait des enfants, comme un défaut, une tare propre à leur âge. La complexité du monde leur échappe sans doute et, grâce à cette inconscience, ils refusent de baisser les bras, croient en leur contribution à un monde meilleur, apportent la goutte d'eau si utile à l'océan. Ils sont l'espoir opposé au fatalisme.

Souvent, le bien commun se heurte au confort personnel et chacun trouve librement sa place dans cet équilibre. L'homme répond de fait à la question de sa place dans la société : le monde dans lequel je vis me donne-t-il envie de vomir ? Notre capacité à encaisser la misère qui nous entoure détermine notre degré d'engagement, de l'indifférence la plus totale à l'empathie qui empêche le sommeil. Mais l'aisance quotidienne suffit souvent, et la faim dans le monde n'empêche plus de dormir.

Finalement, mon idéalisme consistait dans l'envie de changer un monde dans lequel je me trouvais mal. Gamin, je contestais la souffrance, celle qui m'entourait et la mienne, je refusais de la prendre comme une fatalité. J'affirmais vouloir révolutionner la planète sans oser exprimer la seule mutation essentielle dans mon esprit : l'homophobie. J'exécrais la société qui admettait la violence, le racisme, la pauvreté... — des visions quotidiennes qui ranimaient en moi mes pulsions suicidaires, que par ailleurs je dépassais en sacrifice à la cause de l'humanité. Le parcours personnel étant souvent inhérent à tout projet humanitaire, je voulais transformer mon malaise en bonheur pour les autres, sacrifier la vie que j'étais incapable d'assumer.

Les curés n'ont pas le monopole de la vérité, ils se trompent parfois. Quitte à transcender, plutôt la souffrance que l'homosexualité ! Plus tard, je découvrirais le bonheur de l'amour et je saisirais alors toute la vacuité de mon engagement médical, un acte désespéré, un suicide dans une profession non choisie.

Les amours impossibles

Mon père changeait régulièrement d'affectation en France. Nous mutions avec lui. Dans de nouveaux décors, les acteurs gardaient leur rôle : lui, le militaire, moi, le pensionnaire. L'entrée en seconde dans un nouvel établissement s'accompagna d'une nouvelle organisation. Les amitiés, les repères, les habitudes devaient se réinventer au plus vite pour ne pas risquer l'humiliation du novice. J'instaurais une distance finement calculée entre mes camarades et moi afin de susciter une curiosité suffisamment minimale pour que l'on me fichât la paix. Stéphane brisa cette barrière virtuelle en venant à ma rencontre. Ses parents possédaient deux tableaux signés de mon nom et il voulait vérifier si j'appartenais à la famille de l'artiste.

Stéphane instaura une alliance que je ne cherchais pas particulièrement. De plus, je n'étais pas amoureux de lui, ce qui écartait d'emblée toute équivoque entre nous. Il possédait un énorme charisme, il investissait avec assurance son espace comme celui des autres, licenciant sans préavis les faibles alentour. Sa compagnie me reposait car elle m'évitait les efforts relationnels qui me coûtaient tant. Plus besoin de parler, il parlait pour moi. Pas besoin de briller non plus, il brillait pour moi, et inutile de répondre aux questions que de toute façon il ne posait pas. Nous évoluions sur un mode très particulier, dominant-dominé, sans aucune ambiguïté affective, et dans notre relation je faisais figure de bon chien-chien, trimballé partout. Il m'imposait à ses amis, qui, s'ils n'étaient pas encore les miens, le deviendraient indubitablement. Je les rencontrais parfois au détour d'une rue, mais ils ne se souvenaient jamais de moi, ou alors seulement comme de l'ami de Stéphane : « Et comment il va, ce vieux con ? Ça fait une paye qu'on ne l'a pas vu, pourtant il est vraiment super sympa : faudra que tu lui transmettes mes amitiés quand tu le reverras. Allez, salut, vieux ! Ravi de t'avoir revu ! Et au fait, c'est quoi, ton nom ? Sacré Stéphane... » Il ne sortait jamais sans son Gonzague. Si vous vouliez voir Stéphane, il fallait vous « taper » son clebs ! Je ne me réalisais plus en tant qu'individu, mais comme un objet posé dans un coin, qui ne gênait pas.

Une dépendance à lui se développait, une « Stéphane's addiction ». Mon existence au regard des autres procédait de mon amitié avec lui, et cette situation, loin de m'incommoder, faisait ma fierté. Les roses qu'il récoltait flattaient mon ego, l'admiration qu'il suscitait me maintenait en vie et je demeurais prêt à tous les sacrifices pour rester son ami, l'apôtre de l'ombre.

Parfois, j'intervenais dans les conversations, j'essayais de donner mon opinion. Pour m'assurer que je suscitais de l'intérêt, je m'interrompais au milieu d'une phrase dans l'espoir d'être relancé. Les discussions se poursuivaient indifféremment, l'auditoire suspendu aux lèvres de Stéphane mais pas aux miennes. Leur intérêt pour moi se limitait à mon niveau d'études, ma gueule n'inspirait rien de plus. Peu à peu, je m'enfermais dans le rôle du garçon un peu benêt. Mes interventions, pleines de timidité et de banalité, ne retenaient évidemment pas l'attention de l'auditoire. Je souffrais de « jouer au con », d'offrir cette apparence minable ; mais il m'était impossible de faire autrement. Certain de l'hostilité de l'entourage, de l'image de nullité qu'il me renvoyait, je devenais totalement paranoïaque. Incapable du moindre recul dans les conversations, je comprenais tout de travers, la moindre blague devenant insulte à mon adresse. Fatalement, je me sentais profondément humilié. Mon regard était vide et je semblais faire la gueule, alors qu'en réalité je me concentrais sans relâche pour ne pas éclater en sanglots.

Au-delà des responsabilités, des culpabilités, des accusations ou des défenses, se dessine facilement une entente, un contrat tacite entre deux individus consentants. Pour la première fois, une personne comptait pour moi, et moi pour elle, et ce sentiment nouveau, même expérimental, inondait mon cœur. Je ne ressentais pas encore de l'amour, mais un premier pas hors de l'amitié s'initiait. Je créais volontairement cette relation qui m'arrangeait, en tirant davantage de bénéfices que d'inconvénients. Bien sûr, le côté artificiel et dévalorisant ne m'échappait pas, mais à travers cette amitié réelle et sincère j'accédais enfin à ce qui était essentiel pour moi, me perdre petit à petit. J'étais l'acteur volontaire de cette perte. Pour devenir totalement transparent, je me liais à un personnage particulièrement coloré. Stéphane m'offrait un statut particulier de complice, envié, voire jalousé.

J'acceptais d'endosser la peau d'un autre, celle de l'ami fidèle, de me vitrifier, de ne plus exister socialement, de ne plus être homme, de ne plus être sexe. Je me détruisais, détruisant ainsi mes obsessions.

Mes parents se laissèrent duper par cette fraternité. Ils percevaient en Stéphane l'enfant qu'ils auraient aimé avoir. Son amitié permettait l'amalgame, me donnant l'apparence du fils parfait. Ils nous confondaient. Comme j'adhérais nécessairement aux pensées, faits et gestes de Stéphane, ils me faisaient crédit de ses qualités, mais en réalité ils ne me voyaient plus. Ainsi, mes proches me définissaient par lui, et mes grands-parents, qui ne le rencontrèrent qu'une seule fois, m'en reparlent toujours dix ans après.

Cette relation ne peut se comprendre par le truchement du jugement moral, car ni lui ni moi n'avons bien ou mal agi. Nous nous sommes rencontrés à une période de notre histoire où je souhaitais m'oublier et Stéphane se faire valoir. Il ne joua d'ailleurs pas avec une homosexualité qu'il ignorait ; seulement, il se laissa entraîner sur mon terrain. Qui résisterait à l'offrande vivante d'un petit gars qui se dégoûte ?

Je réussis finalement mon pari de donner le change, de me débarrasser en apparence de cette homosexualité monstrueuse et pesante, mais l'aspect lisse recherché aboutit peu à peu à un vide intérieur. Passer pour un con aux yeux des autres ne me dérangeait pas, en revanche me considérer moi-même comme ce con, voir mon identité m'échapper, engendrait une souffrance. Derrière le masque de l'imbécile heureux, se cachait à nouveau un imbécile malheureux.

Ma destinée se dessinait donc sous de bons auspices : un parcours tracé d'avance s'achevant par ma mort héroïque dans un pays affamé aux côtés des miséreux. J'organisais ma petite vie autour de cette illusion qui me permettrait une parade irréprochable : « Le docteur Grand Cœur travaille, monsieur, il n'a plus de temps pour rien d'autre. »

Avant d'entrer en médecine, j'avais rencontré Marie. Encore dans une nouvelle école, je scrutais ma classe et ses têtes inconnues. Marie m'intéressa immédiatement. Son visage carré m'évoquait une masculinité plaisante et sa moue, une féminité rebelle. Elle « approfondissait » comme moi sa classe de première et notre « cancrerie » partagée nous réunit. Je tentai une phase d'approche bien maladroite vers ma victime idéale, mais l'amitié nous rattrapa trop vite pour que je puisse aller plus loin. Mes sentiments à son égard étaient ambigus. Dans une période où je devais me convaincre du passage féminin obligatoire pour un salut assuré, j'appliquais la méthode Coué : je la désire, je la désire, je la désire... À la fin de la journée, certains neurones convaincus guerroyaient contre d'autres qui reluquaient le petit frère de la femme de ma vie ! Nous devînmes extrêmement proches et avec Marie je quittai l'amitié sans jamais atteindre l'amour. Elle m'inspirait une tendresse infinie, un respect inviolable, si bien que je ne pus sortir avec elle. Je refusais de la considérer comme mon infirmière. Par ailleurs, ma bonne morale chrétienne m'aidait à ne pas transgresser l'interdit de la fornication. Néanmoins, nous passions beaucoup de temps ensemble, elle me relatait ses histoires de cœur, je ne lui racontais pas les miennes et elle respectait mon silence, mon mystère.

Ma vision totalement idéaliste, absolue de l'amour, où le physique se fond dans les sentiments, m'empêchait d'imaginer une histoire amoureuse alourdie par un secret. Par définition, mon honnêteté compromettait mon avenir. Comment aurais-je pu lui dire : « Salut, tu veux sortir avec moi, mais je te préviens, je suis homo » ? Cette déclaration boulet de canon l'aurait propulsée à l'autre bout de la galaxie.

Nous étions inséparables, mêmes études, même faculté, même amphi, même banc, même gobelet à la cafétéria. Comme d'habitude, à la bibliothèque, Marie étudiait ses cours avec concentration et, de mon côté, je laissais travailler mon gyroscope. Bref, je matais. Soudain, mon regard ne put se détacher d'un beau blond. Mon cœur se liquéfia, mon esprit bouleversé se déconnecta d'avec la réalité. D'un coup de foudre, Philippe illumina ma vie. Une passion incontrôlable. Son teint pâle, ses mèches blondes, ses yeux doux mais rassurants, ses lèvres charnues et sanguines... une harmonie pour moi christique. Dès lors, tous les moyens me paraissaient bons pour approcher ce Jésus. La parade amoureuse dura quelques semaines tant il m'impressionnait.

Régulièrement, j'arrivais avant Marie pour choisir notre place, au départ distante de lui par cinq tables, puis quatre, trois, deux, une... J'entrepris alors un véritable travail d'enquêteur pour connaître ses us et coutumes. Je ne foutais plus rien. Je matais, je matais, je le matais et surtout je me matais pour ne pas lui sauter dessus. Habituellement, vers dix-huit heures trente, il sortait de la bibliothèque pour se diriger vers la cafétéria. Un soir, quand Philippe quitta sa place, conditionné comme le chien de Pavlov, une envie soudaine de boire un café me prit. Je traversai les couloirs déserts de la faculté. Devant la machine, par le plus grand des hasards, je le rencontrai enfin. Notre première discussion autour des soirées bières avec ses copains ne me passionna guère, mais peu importait, je m'y investis généreusement, tissant progressivement la toile dans laquelle il devait venir se prendre.

Philippe fit l'effet d'un véritable ouragan dans ma vie, dévastant tout sur son passage. Lorsqu'il s'approchait de moi, mon corps entier tremblait, le sang gonflait mon sexe au-delà du supportable. Ma voix chevrotait, mais souvent je restais muet, poussant un cri silencieux, désespéré, étouffant mon adoration pour Philippe. Je ne contrôlais plus rien. J'errais dans l'inconnu, sous l'emprise de l'amour, l'amitié et la passion réunis.

Philippe investit ma tête entière et, d'un simple sourire, balaya toutes mes obsessions précédentes. Je ne pensais qu'à lui. Il régissait ma vie dans les moindres décisions. Je refusais toutes les propositions d'autres amis, de peur de me rendre indisponible pour Philippe, préférant l'attendre près du téléphone. Tout le temps passé en dehors de lui était pour moi du temps perdu.

L'année du concours, la première de mon parcours carabin, ne compta pas parmi les plus studieuses. Le jour de l'examen, je continuais à voir Philippe sur mes copies. Un vrai parasite ! Notre amitié s'ancra si fortement qu'elle en était suspecte. J'introduisis donc rapidement Marie pour légitimer cette relation privilégiée et créer un trio socialement admirable. Mes efforts payèrent : Philippe tomba dans les filets amoureux... malheureusement pas les miens ! Le trio redevint duo, les acteurs ayant changé de place.

Au départ, spontanément, je les félicitais, heureux pour eux, fier d'avoir joué les entremetteurs. Je ne compris pas d'emblée que tout allait changer pour moi, qu'une chute vertigineuse allait suivre mon ascension mal assurée. Mes obsessions, trop longtemps contenues, resurgirent comme des diables de leur boîte. Je recommençais mon dur labeur de dévalorisation : « Normal que Philippe soit sorti avec Marie, je ne suis qu'un sale pédé... »

Un après-midi de printemps, dans un endroit isolé de la faculté, dans la quiétude d'une pause au soleil, je lui révélai mon homosexualité. Les dix minutes de détente se transformèrent en heures interminables de conversation. Comme toujours, sans nuance aucune, je déversai tout en bloc, mon homosexualité, mon amour pour lui, mes angoisses, mes emmerdes... Simultanément j'élaborais les deux seuls scénarios imaginables : il allait me jeter ou alors, s'il s'en doutait, je lui inspirerais de la pitié, mais en tout cas il n'y avait pas de réaction positive possible. Rien de tout cela. Philippe tombait des nues mais ne comprenait pas où se situait le problème. Il n'envisageait aucun changement dans notre relation et m'assena la solution pour lui évidente : « Trouve-toi un mec. »

Il ne me rejeta pas et son attitude, pour moi de l'ordre du miracle, développa davantage ma passion pour lui. Je ne compris rien de son message : sortir avec un mec, pourquoi ne pas être homo pendant qu'on y était !

Une fois, déjà, j'avais tenté de partager mes troubles. Le frère de Marie se trouvait dans la même classe que moi en terminale et, cette année-là, je déflorai mon secret avec lui. Un soir, nous dormions dans sa chambre et, comme rarement, je débordais de douleur. L'envie de me livrer brisa mes contrôles habituels. Dans le noir, essoufflé, suant, et agité de spasmes, je laissai échapper des bribes de phrases désorganisées — cela ressemblait à une belle attaque de panique. Sitôt dit, sitôt regretté. Le frère, ahuri, mal à l'aise, n'eut pas le temps de réagir, car immédiatement j'ajoutai : « En fait, je voudrais écrire un livre qui parle d'un garçon annonçant son homosexualité à un copain, et toi je t'ai testé. Merci d'avoir participé à l'expérience. » Il se laissa convaincre, ma réponse le soulageait sans doute.

Mon après-midi avec Philippe avait signé un véritable tournant. Grâce à lui, j'évacuai l'insupportable. D'une oreille attentive, mon « gerboire » recueillait mes soucis, mes chagrins, sans jamais verser dans les conseils dérisoires ou les jugements moralisateurs. Je demeurais homo et seul, mais avec la bienveillance d'au moins une personne.

Sa relation avec Marie le rendit moins disponible. La jalousie, le sentiment cruel d'abandon, la peur d'un retour à l'anonymat modifièrent mes perceptions et mon comportement à leur égard se dégrada. Mon amitié en fut affectée, ce qui me poussa à désinvestir Philippe et à reporter mon amour sur Laurent. Une nouvelle conquête s'engageait.

Marie finit par épouser Philippe. Ils m'offrirent un cadeau à la fois magnifique et empoisonné en me demandant d'être le témoin de leur mariage. J'acceptai cet honneur, mais la journée est restée pour moi un souvenir triste et douloureux. Leur union civile fit de moi un civil seul. J'assistai sans plaisir à une de mes dernières messes de mariage.

Je me baladais dans la vie comme un marin avec son gros balluchon. J'avais accaparé Philippe, déballé à ses pieds tous mes bagages et les avais ramassés pour assaillir Laurent. Mon affection fonctionnait ainsi, je donnais tout, puis reprenais tout. À nouveau la passion m'ensorcelait.

Je rencontrai Laurent sur les bancs de la faculté. Je le trouvais beau comme un Dieu avec sa taille mannequin, sa belle petite gueule de star hollywoodienne, son regard dédaigneux, inaccessible mais tellement sexy. Cet Apollon bouleversa mes sens, et j'aurais vendu mon âme pour le miracle d'un bonjour, d'un sourire à moi seul adressé. Le recours à de telles extrémités ne fut pas nécessaire car une association de la fac nous réunit dans un projet commun. Notre franche camaraderie dérapa dangereusement lorsque, sa copine ayant accepté un poste à l'étranger pour deux ans, nos solitudes, nos détresses et nos disponibilités communes se conjuguèrent dans un brassage sentimentalo-affectif, une proximité énigmatique, une « amitié particulière ».

Il ne s'agissait plus de me sacrifier pour la personne aimée, mais d'être cette personne. Au fil de nos échanges, je devenais progressivement Laurent, endossant son identité pour mieux perdre ma personnalité. Ma tête, totalement parasitée par mes problèmes, n'avait jamais vraiment pris le temps de se construire fortement. Dans ma relation avec Laurent, j'oubliais totalement mes goûts, mes envies, tout ce que j'avais cru m'être propre.

Sa force de caractère donnait une impression de sécurité sans faille, d'invincibilité qui forçait mon admiration. Plus je jouais les dominés, plus il jouissait de sa suprématie. Je sortis de ma période d'austérité religieuse, perdis mon style curaillon ringard : il décréta le relookage obligatoire de sa poupée de chiffon. Après une critique minutieuse et dévalorisante de mes nippes, il accepta de me prêter les siennes, toujours à la pointe du *moove.* Il me rhabillait avant de sortir au restaurant, au cinéma, où qu'on aille... Il dominait mon âme et je souriais bêtement quand il riait de ma laideur. Je buvais ses paroles lorsqu'il disait que j'étais moche, inculte, et critiquait mon manque de goût et surtout mes opinions merdiques. Je glorifiais le ciel de cette rencontre avec ce demi-dieu qui corrigeait mes défauts avec autant de justesse. Je ne ressentais pas ses paroles comme agressives, mais au contraire comme une preuve d'intérêt de sa part, une réelle attention pour mon bonheur. Mes propres idées s'effaçaient et j'adoptais les siennes en bloc.

Laurent interprétait tous les rôles, du bourreau au garde du corps. Ainsi, il me défendait si un camarade se permettait une plaisanterie à mon encontre. Propriété privée. Il débordait d'attentions à mon égard, me couvait comme un poussin sans argument ni défense. N'ayant plus ni envies ni avis, j'acquiesçais à tout. Mon oui systématique lui plaisait, il cautionnait ses choix. Il décidait du film à voir, du restaurant, des plats, du début et de la fin du repas. De toute façon, je trouvais mes goûts « à chier », alors autant lui faire confiance !

La situation me permettait d'éviter une rencontre avec moi-même. Ne sachant pas qui j'étais, j'acceptais volontiers cet apprentissage du Beau, du Bon, j'adoptais ses opinions, ses goûts... je devins son double. Fuyant toute forme de conflits, je recevais indifféremment plaisirs et déplaisirs et étouffais les embryons de rébellion. Mon cœur se baladait comme une boule de flipper.

La vie aux côtés de Laurent prenait tous les aspects d'une féerie. Il m'offrait tout et voulait tout me faire découvrir. Ainsi, il m'initia aux nuits parisiennes, aux fastes de la fête, du champagne en taxi, des restaurants branchés, des boîtes de nuit survoltées. Il me couvrait de cadeaux, entretenant toujours un peu plus ma déraison, mon secret espoir de transformer notre duo en couple. Je jouais les amants modèles avec une disponibilité sans faille, une soumission absolue, une docilité garante de son attachement. Lorsqu'il appelait à trois heures du matin, sans me demander s'il me réveillait ou si cela pouvait me déranger, et m'invitait à le rejoindre, en moins d'une demi-heure je me trouvais chez lui.

Au départ, les règles du jeu s'établirent avec netteté : son hétérosexualité, sa fidélité pour cette amie en voyage et mon homosexualité révélée. Il ne s'étonna guère d'un secret depuis longtemps deviné ; à dire vrai il s'en moquait complètement. Il y avait parmi ses amis de nombreux gays qu'il appréciait pour leur originalité, leur goût de la fête, des qualités que de toute façon il ne me prêtait pas. Il constatait ma tristesse, déplorait mes blessures et voulait m'accompagner du mieux possible dans le parcours chaotique de ma propre acceptation. Comme avec un aveugle, il me prenait la main pour guider mes pas avec une sincère empathie, mais sans jamais réaliser qu'il participait à ma cécité.

Je le sentais invincible et jamais coupable, libéré du poids de la morale chrétienne. À ses côtés, je me permettais enfin de lever certaines interdictions artificielles, laissant l'alcool et, l'espace d'un soir, le cannabis me griser. Les yeux clos, je consommais un suicide imaginaire, une douce descente vers des espaces violents et lumineux à la fois, un abandon serein dans les bras de mon amour.

Laurent se foutait d'être traité de pédé et sa compagnie annihilait mon complexe. Il jouait de l'ambiguïté de notre relation, exhibait notre complicité, inspirant davantage l'admiration que la moquerie. Il m'étourdissait et je l'adorais comme je le détestais. Quand nous rentrions de soirée, heureux, je m'endormais non loin de lui ; puis, la lumière éteinte, je pleurais tellement je le désirais.

Je devins fou et la démence décupla quand Laurent partagea notre amitié exclusive avec une fille. Au départ, je jouais les chaperons, l'éloignant des tentations féminines, le protégeant d'une infidélité culpabilisante. J'opérais non par jalousie, mais par besoin de l'écarter du malheur, sachant que mon bonheur découlait du sien. J'oubliais juste à l'époque que l'ensemble de l'humanité ne fonctionne pas nécessairement sur un modèle chrétien d'autoflagellation et que certains s'accommodent très bien de l'adultère.

Certains soirs, nous dormions tous les trois dans son appartement. Des idées troubles m'envahissaient. À chaque froissement de drap, j'imaginais leurs pieds se frôler, leurs jambes, puis leurs corps entiers. Tout bruit suspect amplifiait mes visions oniriques. Recroquevillé comme un fœtus, je bouchais mes oreilles pour ne plus les entendre faire l'amour à mes côtés. Je veillais jusqu'à l'épuisement, prolongeant dans les rêves le contenu de mes fantasmes.

Je constituais un jouet dans les mains d'un gamin capricieux mais avec un cœur énorme. Laurent aurait pu m'utiliser, ou m'emmener dans des voies difficiles comme la délinquance, la violence, la drogue ou les perversions sexuelles, heureusement il préférait la vie à la mort. Il aimait la fête et voulait juste me la faire partager.

Pendant un an, je vécus à côté de la personne que je désirais le plus sans pouvoir jamais l'aimer. Laurent n'aurait accepté aucun débordement et je devais donc me contrôler en permanence. Son amitié fut pire que la mort. Un aller et retour permanent entre le paradis et l'enfer. Passant mon temps entre l'un et l'autre, je finis par ne plus être tellement dans la vie.

Quand un homo rencontre des homos

— J'aimerais bien t'emmener au Queen.
— Pas maintenant.

La proposition de Laurent me paraissait complètement déplacée. Le Queen symbolisait dans mes fantasmes de catholique bien-pensant le prototype de la boîte mal famée réservée aux pédés pervers, l'incarnation du vice sur terre. À plusieurs reprises, j'avais entendu associer ces lieux à la débauche et il me semblait bien connaître cet endroit où des homos en cuir et en chaînes se jetaient sur les petits nouveaux, se suspendaient nus au-dessus de filets pour se faire fouetter ou forniquaient devant un parterre de voyeurs.

Je me sentais évidemment loin de cette image, comme l'était mon amour pour Laurent, pur et lumineux. Pour ne pas le perdre, je ne m'opposais jamais à lui, ainsi je ne refusai pas sa proposition mais l'implorai de me laisser un délai. Je n'étais pas prêt. De plus, le bruit courait qu'une physionomiste sélectionnait les gens à l'entrée : « Toi, tu rentres, toi tu ne rentres pas, Laurent tu rentres, toi Gonzague tu rentres... chez toi te coucher, t'es vraiment trop laid... »

Ma personnalité dissoute par ma passion pour Laurent, il ne me restait plus que l'homosexualité pour nourrir ma vie, envahir chaque parcelle de mon être et me donner chair. La remise en question me terrorisait. Toutes les défenses mises en place, toutes les constructions intellectuelles élaborées au fil des années participaient à l'organisation d'un équilibre vital mais précaire. La rencontre avec des semblables, l'effet miroir qu'ils susciteraient risquaient d'ébranler l'édifice. La peur planait, avec une interrogation insupportable : que me resterait-il, la mort ou la renaissance ?

Il m'avait fallu vingt ans pour réussir à verbaliser ma sexualité. La proposition de Laurent constituait une étape inattendue, comme un nouveau dépucelage, et je savais qu'il ne me laisserait pas vingt autres années pour y arriver. Encore une fois, je devais faire un pas pour avancer un peu plus vers ce « moi » que je détestais. À chaque étape, le retour en arrière devenait de plus en plus illusoire. Je pensais jusqu'alors constituer un danger pour mes parents, mais qu'au-delà de ma monstruosité aucune mauvaise action ne pouvait m'être reprochée. En me rendant au Queen, j'ouvrais la brèche aux réprimandes et aux jugements. De victime, je deviendrais coupable, d'homophile, homosexuel. Je préférais « mourir » à cette perspective plutôt que de la vivre.

Les graines semées par Laurent germèrent progressivement. Tout de même, le Queen ! Je ne l'envisageais évidemment pas seul, mais avec lui l'opération s'annonçait des plus délicates. J'étais raide dingue de Laurent, je le côtoyais presque tous les jours, il connaissait mon amour pour lui, et à chaque instant je devais me contrôler pour ne pas lui sauter dessus. Heureusement, le contexte homophobe traditionnel me sauvait. Qui refrénerait mes pulsions si cette barrière volait en éclats, comment me contenir avec Laurent à mes côtés, totalement hétéro, dans un lieu où tous les hommes s'embrasseraient sans complexes ? Je craignais de devenir cinglé.

— On va au Queen ce soir ?

— O.K., on y va.

Ce soir-là, en allant dîner chez Laurent, je rencontrai l'inimaginable, ma capitulation. Assommé par ma décision, plié en deux dans un grand fauteuil en cuir, la musique à fond, je regardai mon amour déboucher la bouteille de champagne. Boum, que la fête commence !

Il s'agissait davantage d'une expédition que d'une virée entre amis. Laurent commença par me déguiser car, comme il me le fit remarquer avec tact et délicatesse, il ne fallait pas espérer entrer dans cette boîte avec mon look ringard. Il choisit dans sa garde-robe les fringues mode qu'il me destinait et, plus que jamais, me travestit en son double. Pire, il me demanda de retirer la croix que je portais autour du cou, prétextant un manque d'harmonie avec le reste de sa création. Jésus, le réceptacle de mes confidences, le témoin compatissant de tous mes désespoirs, le protecteur discret, était définitivement remercié, brutalement licencié, et son symbole brisé. Je finis par céder, tournant ainsi malgré moi une page de mon histoire. J'abandonnais ma vie de petit garçon catholique rangé pour celle d'un jeune gay exposé.

À moitié ivres, nous déboulâmes dans la rue, Laurent héla un taxi. Excités et inconséquents, nous étions les rois du monde. Devant le Queen, l'exaltation retomba un peu et la gêne s'insinua. Le visage des passants me paraissait suspect, je devinais dans leurs yeux des rires, des moqueries, des jugements, et mes oreilles entendaient des cris imaginaires, une rumeur obsédante : « T'es devant une boîte de pédés, t'es un pédé, un pervers, pervers, pervers. » Laurent ne semblait pas les entendre, il rayonnait comme les justes ou les inconscients. La physio se tenait bien à l'endroit indiqué, cerbère indomptable devant la porte d'entrée. D'ailleurs à notre arrivée elle refusait l'accès à un groupe de personnes : « Désolée, mais ce soir c'est une soirée privée. » On ne m'avait donc pas menti. Laurent m'ordonna de me ranger derrière lui, préférant me cacher pour optimiser nos chances. La gardienne des orgies parisiennes interrompit alors ses fausses négociations avec son petit groupe d'importuns et lâcha l'invitation : « C'est bon, les garçons, vous pouvez entrer. » Victoire ! Pourtant, un frisson parcourut mon corps. « Les garçons. » Je pensais avoir mal compris, car elle avait prononcé sa phrase comme destinée à un couple. Un nouveau doute s'installait dans mon esprit. Imaginait-elle une seule seconde que Laurent si beau, si exceptionnel, sortait avec une sous-merde comme moi, que tous les deux, propres sur nous, pouvions être assimilés à des homosexuels ? Je n'eus pas le temps d'approfondir ma réflexion que déjà Laurent me tirait par la manche, m'entraînant dans les entrailles de la discothèque.

Nous franchîmes la porte, dévalâmes l'escalier quatre à quatre sans même abandonner nos blousons au vestiaire et en moins de deux secondes nous étions sur la piste de danse. « Où sont les homos ? » Laurent me fit visiter les lieux, le podium central où des jeunes ondulaient leur corps au rythme de la disco, les deux bars à chaque extrémité, le cercle V.I.P., repère des privilégiés friqués ou des starlettes du moment : « Où sont les homos ? » Nous nous éclations comme des fous, dansant, buvant dans une frénésie contagieuse. « Où sont les homos ? » À trois heures du matin, l'ambiance atteignait son paroxysme et coupe de champagne après coupe de champagne, je ne voyais toujours pas d'homos. J'interpellai Laurent :

— Tu m'avais dit que tu m'emmenais dans une boîte gay, ils sont où ?

— T'es naïf ou quoi, il doit y avoir au moins quatre-vingt-dix pour cent de gays dans la boîte, ce soir !

Ma tête implosa comme un vieux téléviseur. Un choc violent court-circuita mes neurones. La réalité tentait de s'imposer à mon esprit réfractaire, mes yeux refusaient avec peine l'évidence. Homosexuel, le beau petit couple de garçons tout droit sortis de Versailles qui dansait près de nous ? Homosexuel, ce jeune minet, prototype de l'étudiant de ma fac ? Homosexuel aussi, cet homme qui aurait pu être mon père ? Je scrutais l'horizon où quelques *drag queens* ajoutaient des couleurs à la fête, où des types body-buildés abandonnaient leur chemise pour offrir leur musculature aux regards des esthètes, où un couple s'embrassait. Était-ce cela le parangon de la dépravation humaine ? Les exhibitionnistes attendus n'étaient pas là, pas plus que les mecs en cuir et en chaînes, la violence et le sexe. En un instant, tous mes fantasmes se dégonflèrent et l'homosexualité m'apparut dans toute sa simplicité. Je craignais de rencontrer un autre Gonzague, j'en croisais cent, mille. La boîte regorgeait d'homosexuels, pour la première fois humanisés à mes yeux. La jeunesse gay parisienne se retrouvait pour faire la fête, vivait sa danse, vivait sa sexualité, vivait sa vie sur un tempo de liberté, à l'abri des jugements moralisateurs, des inhibitions culpabilisantes, des honnêtes gens qui mourraient avec leurs à priori, privés de tout l'amour qu'ils n'auraient jamais su laisser grandir.

Je n'y comprenais plus rien. Toutes mes visions d'horreur, mes élaborations pourtant si bien documentées s'évanouissaient. Les fameuses araignées du Queen où des pédés masos, suspendus nus devaient se laisser flageller, n'étaient en réalité qu'un filet de décoration tendu au-dessus de l'espace V.I.P., aux rebords duquel diverses personnes s'accrochaient pour danser plus à leur aise. Je ne pouvais rester sourd à l'énormité du choc, à tous ces comportements qui hurlaient en chœur à mes nouvelles oreilles : « Tu peux vivre et être heureux. » D'un seul coup, je pris conscience du couple que nous formions au regard des autres. Je ne m'éclatais plus pour Laurent mais avec lui.

Mes yeux se dessillaient, découvrant un monde nouveau. Je voyais de jeunes gays et des gays moins jeunes, des couples de même sexe, des échanges charnels, des doigts entrelacés, des bouches accolées. Je surprenais des sourires complices, des intimités offertes, des tendresses partagées. Évidemment, nous ne nous trouvions pas dans le jardin d'Éden, mais pour la première fois je discernais de la beauté autour de moi, et peut-être aussi en moi.

Nous dansions sans discontinuer, ivres de vin et de vie. J'osais enfin contempler la foule. Soudain, les yeux bleu-gris d'un Black à l'autre extrémité de la salle retinrent mon attention. Sa beauté me subjugua complètement. Je continuais à me déhancher en veillant bien à ne pas le perdre de vue. Nos regards se croisèrent et je baissai immédiatement les yeux, de peur de le gêner. Au sein de ma révolution personnelle, mes réflexes bourgeois et catholiques me rattrapaient : un Noir avec des boucles d'oreilles et un piercing dans le nez appartenait forcément à la racaille hétéro. Les clichés, les vieux préjugés racistes et homophobes me poursuivaient à mon insu. Laurent me ramena sur terre en m'attirant vers les vestiaires. Je désertai la boîte, doublement bouleversé.

Cette soirée balaya mes idées fausses sur le monde homosexuel, sans pour autant régler tous mes problèmes. Je restai persuadé de mon inaptitude à plaire. Vingt-trois ans d'autodénigrement ne s'effacent pas en un soir. Certes, je m'étais rendu dans une boîte gay ; certes, le bonheur m'apparaissait enfin accessible. Pourtant, même si ce beau Black s'était planté devant moi, m'avait signifié son homosexualité et son coup de foudre par une drague sauvage, je ne l'aurais pas cru. J'aurais automatiquement pensé qu'il se foutait de ma gueule, ou encore qu'il s'agissait d'une ruse pour atteindre Laurent. Moi, Gonzague, courtisé par un jeune gay, cela ne pouvait pas être aussi simple !

En quittant le Queen, ma transformation s'amorçait seulement. Déjà, je contrôlais mal mon impatience de recommencer l'expérience. Nous y retournâmes. Progressivement, je me décollai des « jupes » de mon mentor pour me rapprocher un peu plus de mon bel inconnu. Les préjugés qui venaient de mon éducation, d'un racisme « naturel », ne tenaient plus face à cette révolution. Si j'avais remarqué d'emblée sa couleur de peau, son piercing et ses boucles d'oreilles, ce n'était pas tant pour l'exclure que pour me rassurer, car son image, trop loin du cliché de l'homo dans mon esprit, ne pouvait constituer un danger.

Au fil des lundis et de la musique disco, nous nous rapprochions davantage. Un jour il me confia son attirance, je lui livrai la mienne. L'adorable Stevens m'éblouit par son naturel et sa simplicité. Le quatrième lundi, Laurent était cloué au fond de son lit par une méchante grippe ; quant à moi, je mourais d'envie de retourner au Queen. Mais sans mon chaperon, cela me paraissait déraisonnable. Allait-on me laisser entrer ? Pour continuer ma réflexion, je décidai de m'y rendre à pied. J'espérais secrètement ne pas trouver le ressort nécessaire et rebrousser chemin à mi-parcours.

La détermination ne m'ayant pas lâché, après une bonne heure de marche, j'arrivai devant la boîte. Des forces jusqu'alors insoupçonnées avaient pris possession de mon corps. La « physio » m'accepta sans montrer les canines et m'offrit sans le savoir un de mes premiers cadeaux d'homme, en me valorisant à mes propres yeux. Elle renvoyait l'indispensable Laurent sous sa couette et me signifiait ma capacité à passer la sélection sans lui. Elle le resituait enfin dans sa vraie position d'ami. Courageux mais pas téméraire, j'avais pris mes précautions en mettant ses vêtements. Mais tout de même, j'avais réussi à tromper l'ennemi !

Une fois dans la discothèque, mon excitation retomba. Je ne savais pas m'amuser seul. L'idée ne m'avait même pas effleuré, tant la question de l'entrée avait occupé mes neurones. Je ne me sentais plus à ma place, isolé des autres, de leur regard, de leur danse, prostré dans l'attente de Stevens devenu l'unique homo de la boîte. Apparemment, ma cervelle intégrait les nouveaux concepts avec de nombreux bogues. Alors que j'étais sur le point de partir, il arriva enfin. Nous ne nous sommes plus quittés pendant quatre ans.

En sortant du Queen, Stevens me proposa de me raccompagner chez moi. Je n'osai pas refuser, mais sa proposition me paraissait totalement incongrue. Il interpella un taxi et nous nous installâmes sur la banquette en cuir comme deux amants en fuite. Il me regardait — moi, je regardais le chauffeur. Au bout de quelques minutes, une main glissa sur ma cuisse, déclenchant en moi un énorme frisson. La surprise fut telle que je ne pus m'empêcher de repousser vivement tout son bras. Stevens ne dit rien. La situation devait l'amuser. Arrivé devant chez moi, je lui proposai de venir prendre un dernier verre. Il accepta. J'ajoutai quand même : « Ce n'est pas ce que tu crois. — Et qu'est ce que je crois à ton avis ? me demanda-t-il. — Rien. »

Nous discutions, sagement assis dans le canapé, quand je l'invitai à dormir dans ma studette. J'étais stupéfié par ma propre initiative. Les événements s'enchaînaient beaucoup trop vite pour moi. Je ne maîtrisais plus grand-chose. Tandis qu'il se préparait dans la salle de bains, mon esprit s'emballa totalement. Je ne savais plus comment me comporter dans cette situation inconnue. Je crevais de peur. J'avais envie de fuir, de le laisser seul et de retrouver mon monde d'avant, celui où je savais quoi faire. Stevens se glissa sous la couette et éclata de rire. J'avais revêtu ma tenue de combat, une grenouillère intégrale, verte, qui ne laissait dénudés que ma tête, mes mains et mes pieds. Curieusement, le ridicule de cette ceinture de chasteté ne l'effraya pas, et il accepta de dormir simplement à mes côtés. Stevens comprit que la moindre initiative de sa part me braquerait. Il respecta mes appréhensions et s'arma de patience. Pendant plusieurs semaines, il me fit la cour, débordant de cadeaux et d'attentions gentilles. Progressivement, je lui abandonnais mon corps et j'apprivoisais le sien. Stevens eut la délicatesse de ne jamais me forcer, mais de me laisser découvrir à mon rythme les plaisirs charnels.

À vingt-trois ans, je tombai dans l'amour comme une mouche dans un pot de confiture. Des touche-pipi prépubères à la découverte du partage des sexes, l'adolescent hétéro réalise un parcours initiatique jalonné de repères qui l'ouvrent bon gré mal gré au mystère de l'autre. Le coup de foudre se ressent parfois avec évidence, la suite rarement. L'amour à deux s'apprend. Moi, j'arrivais vierge dans tous les domaines et, comme tout homme inexpérimenté, des bouffées d'angoisses me submergeaient. Mes grandes idées sur le sujet se révélaient totalement « bidon ». Un oubli d'importance avait biaisé mes réflexions : la relation amoureuse s'inventait à deux et l'autre ne pensait pas forcément comme moi, n'était pas moi tout simplement. Souvent, l'homosexualité se décrit comme un trouble narcissique engageant une recherche illusoire de son double dans le partenaire de même sexe. L'altérité du « genre » est-elle obligatoire pour qu'il y ait désir, sentiment, amour ? La parité du « genre » entraîne-t-elle nécessairement une égalité identitaire ? Dans le miroir de Stevens, dans sa masculinité, dans son sexe au mien comparable, trouvai-je alors ma propre image, me retrouvai-je à l'identique ou même idéalisé ? Plus généralement, au-delà des « genres », au-delà des individualités, l'autre n'est-il pas toujours inconsciemment un « moi » recherché, ne représente-t-il pas une possibilité de démasquer sa propre identité ?

Certes, Stevens était un garçon, mais il avait sa

propre réalité, son propre parcours et une culture éloignée de la mienne. Je m'enrichissais d'un écart bien plus important avec lui qu'avec des hétéros ou des filles de mon entourage. On reproche aux homos de rechercher la ressemblance, mais l'éducation classique craint aussi la différence, perçue non comme une richesse mais comme une source de conflits : « C'est tellement difficile de vivre à deux. Si en plus on est différent à la base... » Sous-entendu : une même base d'éducation, de religion... et de couleur, cela va de soi.

D'un côté, je sortais avec un Noir portant boucles d'oreilles et piercing dans le nez, nommé Stevens et exerçant, comble du cliché, le métier de coiffeur. D'un autre côté, je débordais d'amour pour un garçon ultra-ouvert, généreux, sensible, intuitif, non conformiste tout en restant relativement classique, et de surcroît beau comme un dieu. Encore une fois, sans rien demander, la vie me déchirait.

Ces belles certitudes s'écroulèrent heureusement à son contact. Les années me vengeaient et la honte ne s'abattait plus sur moi, mais sur le milieu dans lequel j'évoluais. Grâce à Stevens, je pris conscience du racisme, de l'homophobie et de toute l'étendue de la prétention intellectuelle. Écrasé par l'opprobre pesant sur la situation, je n'arrivais pas à lui parler, craignant d'engendrer une hostilité légitime de sa part. Comment lui expliquer qu'il représentait à lui seul tous les clichés phobiques de mon milieu, le bon coiffeur, noir et pédé, bien sympathique, mais tellement inférieur à nous ? Je vomissais l'idée de m'associer à cette négation de l'être humain.

Stevens constitue probablement un « extrême » aux yeux des snobs, mais ces derniers ne réalisent pas leur propre extrémisme au sein de la société. Hors des sorties de messe du dimanche, nous rencontrons finalement davantage de Stevens que de snobs. Pendant quatre ans, mon ami m'apporta un nombre incalculable d'enrichissements par sa différence.

Je m'engageais dans cette nouvelle relation avec de nombreuses difficultés. Les changements qui s'amorçaient en moi ne se concrétisaient pas vraiment dans le quotidien, si bien que ma conduite à l'égard de Stevens se calquait sur celle que j'avais eue avec Laurent. Ainsi, je lui demandais de choisir mes vêtements, mais il refusait catégoriquement. Lors des sorties cinéma, il m'obligeait à ouvrir le journal pour sélectionner le film, et au restaurant, quand je le priais de commander mes plats, il m'expliquait : « C'est toi qui vas manger ton plat, tu dois donc le choisir tout seul, prends ce qu'il te plaît. »

Stevens m'aimait pour moi, ce « moi » que je ne connaissais pas encore. Il m'invitait avec douceur à me réapproprier la notion de plaisir, de désir, de goût, et finalement à me réinvestir, à réinvestir mon corps et aussi mon âme. Sa démarche de vie, tellement naturelle et sans aucun jugement, me poussait toujours plus vers une redécouverte de moi-même.

Stevens brillait par des qualités d'intuition, d'instinct et ne s'encombrait pas d'une intellectualisation stérile de notre relation. Il voyait en moi un extrême un peu coincé, mais ne rejetait pas nos différences, ne s'en effrayait pas ; au contraire, il explorait avec curiosité le monde inconnu que je représentais.

La situation me déroutait, me déstabilisait complètement et je voulais rejeter en bloc mes repères sociaux totalement inadaptés qui parasitaient mon évolution. Mon ami calmait mes angoisses et redonnait un sens aux vraies valeurs de la famille, de l'amitié, du travail. Je les avais apprises mais pas comprises. À vingt-trois ans, je préparais une grosse crise d'adolescence tardive. Stevens l'apaisa, m'empêcha de tout haïr, sans terreur ni sanction, par l'affection et un modèle de vie naturelle.

Progressivement, je me découvris, je décelai des désirs, des passions, un pouvoir de séduction sur les autres et sur moi-même, je progressai enfin sur la route de la vie, j'avançai, un amoureux à mes côtés.

Dans ma problématique, un déplacement s'opérait peu à peu, de l'homosexualité à l'homophobie. La difficulté ne résidait plus dans l'histoire d'amour avec un garçon, mais dans son contexte, dans la possibilité de la défendre du regard des autres dans une société attachée aux apparences et à la normalité.

Déculpabilisé, je refusais le mensonge et, au-delà d'un besoin de vérité, je mourais d'envie de partager mon bonheur avec ma famille.

Quand un homo rencontre sa famille

La première personne de mon entourage à qui je révélai ma découverte fut ma sœur. Notre complicité très forte, sa vision ouverte de la vie me rassuraient un peu. Dans la maison de campagne de mes parents, pendant les grandes vacances, Claire, un soir, vint me retrouver dans ma chambre pour refaire le monde. Je tournai autour du pot pendant une demi-heure avant de bafouiller : « Je ne sais pas comment te le dire, mais voilà : je suis homosexuel et je vis avec un copain depuis trois mois. » Claire esquissa un large sourire : « C'est génial. Enfin, tu te décides à me le dire. Je m'en doutais, mais j'attendais que tu en parles. Je suis hyper-contente pour toi. L'essentiel pour moi est que tu sois enfin heureux. D'ailleurs, je peux te le dire : depuis quelque temps je te trouvais transformé, plus épanoui. »

Mon beau-frère, lui, avait ouvert les yeux depuis longtemps. Pour lui, mon homosexualité était flagrante et il ne saisissait pas l'aveuglement de mon entourage. Il ne comprenait même pas toute cette souffrance inutile et ce mystère autour d'une histoire tellement simple. Comment pouvait-on laisser seul dans sa situation un adolescent à l'évidence homosexuel et mal dans sa peau ?

Je n'imaginais pas une réaction aussi spontanée et chaleureuse. Ma sœur, ce soir-là, ne me parla que d'amour, de bonheur. Quelques semaines plus tard, elle partagea avec moi ses angoisses et sa culpabilité en repensant à notre histoire commune et à la part qu'inconsciemment elle y avait prise.

Mon frère l'apprit de la bouche de ma sœur et sa réaction fut identique : « Peu importe la sexualité de Gonzague, l'important est qu'il soit heureux. » Lui aussi, par la suite, se culpabilisa.

Dans l'esprit de mes parents, l'homosexualité est une déviance ou une maladie. Apprendre qu'un de leurs fils en était « atteint » les bouleversa, les choqua véritablement. Ils vécurent cette annonce comme celle d'un décès. Depuis, ils font le deuil de ce fils perdu, passant par toutes les étapes d'acceptation.

Je choisis d'informer ma mère de cette heureuse nouvelle avant d'en parler à mon père. Cela me semblait plus facile, car je pensais qu'elle s'en doutait. Ma mère travaille avec des adolescents, est passionnée par la psychologie liée à cet âge et sa réelle ouverture d'esprit s'illustre quotidiennement. Un jour où une mère d'homosexuel l'avait appelée pour lui demander conseil, elle avait sollicité mon avis d'étudiant en médecine et jugé la situation avec bonté, bienveillance, tolérance. Dans mon esprit, j'attribuais sa réaction à une identification à son propre fils dont elle avait tout deviné.

L'occasion rêvée se présenta lors d'un voyage où tous les deux nous visitions la Bourgogne. Lors de la préparation, de ville en ville, elle pointait sur la carte, sans le savoir, les différentes stations de son futur chemin de croix. Sens, Joigny, Chablis, Avallon, Vézelay, Semur-en-Auxois, Beaune enfin, où mon père devait nous rejoindre pour un mariage à Dijon. Le jour du départ, je savais la vraie destination de notre excursion et la peur me submergeait en imaginant la rencontre qui allait se produire entre ma mère et ce fils qu'elle ne connaissait pas encore. Pendant plusieurs jours, les mots ne sortirent pas de ma bouche. Nos conversations restaient triviales, tandis que je brûlais de plus en plus d'aborder le sujet.

Le troisième jour, vers midi, nous visitâmes l'église d'Avallon. Puis nous décidâmes de trouver un petit coin de nature pour pique-niquer. Au pied de la ville, à côté d'un pont en pierre, nous déballâmes nos victuailles. Je mangeais un melon gorgé de sucre, mais quelque chose dans le fond de ma gorge empêchait l'aliment de passer. Un déclic. Au bord des larmes, je voulais sauter au cou de ma mère, m'excuser de tout le mal que j'allais lui faire, hurler, insulter Dieu, vomir cette injustice, ce choix insupportable pour un enfant qui aime sa mère. Sa mort ou la mienne, mais cela revenait sans doute au même. Je contemplais le visage rayonnant de ma mère, que j'allais ravager dans quelques secondes et je l'imaginais en sang à cause de moi. Des visions d'horreur brûlaient mes yeux, je violais sa candeur, je mutilais malgré moi son ventre protecteur. Je savais que j'allais changer contre son gré le cours de son existence. Je la dévisageai une dernière fois pour imprimer définitivement dans ma mémoire l'image de l'Avant. Enfin, je fermai les yeux.

Je pris la bouffée d'oxygène du condamné, vidai ma tête. Il était trop tard pour faire marche arrière.

D'une voix tremblante, je me lançai : « Maman, je voudrais vous dire quelque chose. Je suis homosexuel et je sors avec un garçon depuis trois mois. »

Mes mots jaillirent d'un coup, sans retenue, avec la sensation viscérale de faire mal. Mon message s'écrasa sur les épaules de ma mère avec une maladresse incontrôlée, une violence involontaire. Je voulais juste partager ma joie, parler de cet ami qui faisait mon bonheur, et au lieu de cela j'avouais une faute, je confessais un péché imaginaire, créant un bouleversement gigantesque.

Le regard de ma mère se brouilla, puis elle éclata en sanglots. Je regrettai immédiatement mes mots meurtriers, paniquai devant leur effet désastreux. Je m'en voulais à mort. Je plongeais au cœur d'un drame où la mère voyait mourir son fils et où le fils tuait sa mère. Je poignardais sa poitrine et, en retirant le manche dans un geste de remords, la lame restait plantée dans son cœur. Il était trop tard. Elle savait.

Aucun de nous deux n'imaginait que dans cette catastrophe notre libération était en devenir. Nous mourions tous deux, sans doute pour mieux renaître.

Je déposais brutalement aux pieds de ma mère le fruit de vingt-cinq années de douleur, d'incertitude, de mort mais de vie aussi, un fruit mûri à l'extrême, un fruit pourri. Elle n'était pas préparée à cela. Je lui demandais de partager une problématique digérée, comprise en partie et adoucie. Elle recevait un aveu catastrophique auquel elle ne pouvait croire.

D'un coup, ma mère réalisa ce qu'elle avait refusé de voir pendant des années. À plusieurs reprises elle en avait parlé à mon frère, des doutes parfois lui étaient venus, mais elle avait chaque fois écarté cette éventualité, refusant de se préparer à l'impossible. Entre deux sanglots, elle bredouilla : « Comment ne l'ai-je pas vu ? Je suis une mère indigne ! » La culpabilité pointait déjà son nez.

Les parents placent des espoirs en leur enfant, ou plutôt ils se projettent en lui, prolongeant ainsi leur existence, la rectifiant et finalement l'inscrivant dans la continuité, c'est-à-dire dans l'éternité. Ainsi, l'enfant naît idéal, car vecteur de l'idéal parental. Pendant de nombreuses années, les parents éduquent leur progéniture en imaginant souvent une concordance exacte entre ce qu'ils donnent et ce qui est reçu. Ils ne tiennent pas compte du fait que l'enfant l'intègre sélectivement. Un décalage énorme peut alors s'opérer entre ce qu'il a acquis et ce qu'on a pensé lui enseigner, créant une déception à la hauteur de l'investissement, détruisant l'enfant idéal et avec lui une partie de l'idéal des parents. L'édifice reste alors à reconstruire.

De fait, l'enfant idéal ne peut se concevoir homosexuel car, par définition, il crée une rupture dans la projection parentale. Soudain, ma mère ne se retrouvait plus en moi, ne percevait plus ses repères identificatoires, réduits en poussière. Elle vivait symboliquement un deuxième accouchement, une partie d'elle-même, une incarnation lui était de nouveau retirée. L'intégration de mon homosexualité, et plus largement de mon autonomie, devait donc passer par un deuil quasi puerpéral.

La culpabilité peut être passive ou active. La culpabilité passive se résume ainsi : « Je suis coupable parce que c'est moi qui t'ai fait. Comme tu es mon fils et que tu sors de mon ventre, c'est de ma faute si tu es homosexuel. » Ce raisonnement irrationnel hante parfois des mères pourtant conscientes de son absurdité. De même, en cas de maladie génétique, les parents se sentent responsables du handicap au-delà de l'intention réelle car ils choisissent de procréer, non de véhiculer un patrimoine. Ils ne donnent pas, ils transmettent. Ils ne font pas le handicap, ils engendrent un enfant atteint du handicap. Malheureusement, la théorie trouve sa limite dans la souffrance et la culpabilité s'impose souvent de manière névrotique. Pour l'homosexualité, une culpabilité active se surajoute rapidement : « C'est moi qui l'ai élevé et s'il est ainsi c'est que mon éducation est ratée. Pourtant, j'ai élevé ses frères et sœurs de la même manière... » Innée ou acquise, l'homosexualité s'envisage au mieux comme une maladie, au pire comme une tare.

Les parents croient à tort éduquer leurs enfants de la même manière. À un âge donné, trois frères décriront des parents différents car correspondant à trois étapes de vie différentes où leurs comportements ne peuvent s'exprimer de manière identique. Les parents évoluent et l'éducation avec eux. Quant aux enfants, ils ressentent et comprennent ce qu'il reçoivent avec leur sensibilité personnelle et leur histoire propre. Aucun enfant ne vit la même histoire au sein d'une même famille.

Sur un plan génétique ou éducatif, malgré toutes les théories, les modèles proposés, personne n'a encore prouvé scientifiquement l'implication déterminante de la relation mère-fils dans la genèse de l'homosexualité. Quand bien même un lien indubitable s'établirait, une transmission inconsciente restera par définition innocente. Les parents endossent la charge de témoins, d'accompagnateurs, mais pas celle de coupables.

Son fils venait de mourir. Ma mère, seule, regardait autour d'elle et sentait le poids de la honte. J'avais porté ce fardeau pendant tout mon passé et à présent je déposais le plus lourd sur ses épaules : « Comment le dire aux autres, comment le dire à ton père, tout le monde va me rejeter, te rejeter. »

En un quart d'heure, elle reçut en pleine face un condensé plombé de mes vingt-cinq années passées. J'avais eu le temps d'apprivoiser mes angoisses, de mettre en place des moyens de défense. Ma mère, en revanche, comme dans un accident, se heurta brutalement à ma réalité et aucun répit ne lui fut accordé. La vie la condamnait à continuer avec cette nouvelle donne : « Mon fils est homosexuel. »

Une demi-heure et une dizaine de paquets de Kleenex plus tard, ma mère mobilisa des forces vitales, rangea le triste pique-nique et se leva en silence. Elle ne parlait plus. Quelques mots parfois pour remplir l'espace, sans plus. Elle enveloppa sa tête dans un foulard, cacha ses yeux bouffis par les larmes derrière des lunettes noires et, ainsi déguisée en Jacqueline Kennedy, fuyait son destin. Elle devait se rendre à un mariage et se préparait comme pour un enterrement.

Que répondre à notre entourage proche et moins proche quand ils demanderaient de mes nouvelles ? Autrefois, cela semblait si facile. Gonzague ? « Il va très bien, il est en médecine. » Qu'allait-on dire ou penser ? Ma mère craignait sans doute l'apparition impromptue de lettres phosphorescentes sur son front affichant au vu du monde entier cette horrible vérité : « mère de pédé ». À présent, la même boule que la mienne grandissait dans sa gorge. Lentement mais sûrement, elle s'enfonçait à son tour dans le mensonge et le secret.

Totalement impuissant, je regardais ma mère souffrir dans un silence glacial. Je voulais l'aider, mais je savais que ma seule présence constituait une agression pour elle. Je tentai d'imaginer sa peine, de percer son regard figé par la douleur et une image me vint à l'esprit. Ma mère seule se tenait au centre d'une arène, des milliers de regards braqués sur elle, tous les pouces tournés vers le bas. Des hurlements fusaient : « Mère de pédé, mère de pédé ! » Traumatisée, elle portait ses mains à sa face et distinguait à travers ses doigts l'ensemble de la population avec à gauche tous les homosexuels de la terre et à droite tous les homophobes.

Nous devions nous rendre ensuite à l'abbaye de Vézelay. Ma mère, toujours avec son fichu et ses lunettes de soleil, tentait d'apprécier la beauté du site. Pour mieux comprendre l'architecture des lieux nous choisîmes de nous greffer à un groupe. Le guide portait une chemise rose et sa posture maniérée me fit craindre le pire. Je jetai alors un coup d'œil vers ma mère qui ne semblait pas s'en rendre compte. La visite débuta et nous dûmes suivre les explications explosives de notre « folle » vézelienne entre le flot ininterrompu des larmes de ma mère et celui des fontaines. Quand nous retournâmes à la voiture, je sentis dans sa respiration un soulagement, même si son masque ne se modifiait pas d'un iota ! J'allumai la radio pour rompre la monotonie et chasser l'aura de mort. Charles Aznavour emplit alors l'habitacle : « J'habite seul avec maman dans un très vieil appartement... Je suis un homo comme ils disent... » Un ensemble de détails anodins quelques heures auparavant prenait à présent une dimension dramatique.

Au fil des kilomètres, ma mère poursuivait son travail d'acceptation. Notre parcours familial défilait dans son esprit plus sûrement que les paysages devant nos yeux. Elle ruminait sans aucun doute des lieux communs mais ne pouvait s'empêcher de regretter tel ou tel geste, telle ou telle phrase, et elle lâcha une sentence qui tomba comme un couperet : « Mon Dieu, nous avons été horribles. » Non seulement elle se croyait coupable de mon homosexualité, mais elle pensait aussi l'être de ma douleur. Plus rien ne serait jamais comme avant. Les blagues sur les pédés, les confusions avec les pédophiles, le quotidien homophobe trouveraient désormais en elle un écho intolérable, inacceptable.

Jusqu'ici, ma mère était fixée fermement à la terre par des chaînes d'éducation, de religion et de repères sociaux. Mon homosexualité lui déferla dessus comme un ouragan, et plutôt que de serrer les poings, par amour pour moi elle accepta de lâcher prise et de se retrouver en orbite. Elle perdit ses vieilles défenses sans savoir ce qui l'attendait. Seul son amour maternel la guidait désormais.

Elle me pensait mort également parce qu'elle croyait mon bonheur irrémédiablement impossible.

Elle n'imaginait pas tout le chemin par moi déjà parcouru et pensait que nous allions marcher ensemble, comme si de s'accepter ou d'accepter le regard des autres constituait un même nouveau problème pour tous les deux.

L'homosexualité jamais envisagée auparavant s'imposait à ses yeux avec une multitude d'à priori. Bien entendu, deux hommes ne pouvaient s'aimer et bâtir une vie ensemble, or sans amour l'existence perdait tout son sens. Quand bien même ils s'aimeraient, la société s'attacherait à les détruire, rendant l'homosexualité et l'amour définitivement incompatibles. Par ailleurs, ma mère considérait les ressemblances et les points communs comme un ciment indispensable à l'équilibre du couple et ne concevait en aucun cas la différence dans un modèle de vie. Elle envisageait le bonheur dans une construction sociale et ne comprenait pas que je le revendique dans une construction personnelle. Je lui criais ma joie et mon envie de la partager avec elle, mais elle restait sourde et continuait de considérer mon homosexualité comme l'aveu catastrophique d'un enfant perdu.

Classiquement, les parents se prolongent à travers leur enfant et injectent dans son projet de vie leur propre désir, manque, peur ou réussite. Le bonheur ne réside plus dans la réalisation du rêve de l'enfant mais dans la réalisation de leur rêve à eux à travers lui, et parfois, plus simplement, dans une construction sociale qui puisse être admirée par les proches. Ainsi, ils acceptent difficilement la liberté du choix si ce dernier s'oppose aux convenances. Ils s'enorgueillissent plus facilement d'une réussite sociale concrètement partageable que d'un bonheur personnel pas toujours compris. Ils parlent de leur enfant à travers son métier ou la maison récemment achetée ou, encore mieux, à travers leurs petits-enfants. L'épanouissement personnel du couple, les talents de chacun, les frustrations n'ont pas cours dans les conversations. Question de pudeur.

Évidemment, mon amour pour Stevens, mon refus de mettre en danger mon couple avec des ambitions professionnelles et le tronçonnage d'une branche de notre généalogie faisaient un peu tache dans une conversation mondaine ! L'homosexualité ne représentait pas particulièrement un critère social pour un bonheur social. Elle s'intégrait pourtant dans ma félicité, mais ma mère ne le voyait pas encore.

L'apprentissage de la liberté compte parmi les attributions du rôle parental. Cela ne doit pas se confondre avec la permissivité et il ne s'agit pas de dire : « Fais ce que tu veux, cela ne m'intéresse pas », mais plutôt : « Fais ce que tu crois être bon pour toi et sache que nous sommes là. » Cette liberté ne peut se concevoir sans l'opportunité du choix. Les parents doivent informer leurs enfants, mais leur rôle est aussi de les accompagner, de leur faire confiance et de ne pas se sentir trahis quand la direction prise n'est pas celle escomptée. Les critères de l'être et du vécu ne sont pas superposables d'un individu à un autre, d'un enfant à son parent.

L'homosexualité ne faisant pas partie des critères de vie de mes parents, ils me mirent justement en garde contre les risques d'égarement. Les parents portent la responsabilité de l'éducation de leurs enfants, pas de leur bonheur. Ils surinvestissent trop souvent leur mission, déjà énorme. Ils s'imaginent ne pas avoir le droit à l'erreur et cette crainte pollue leur humilité et leur confiance. Les parents ne pourront jamais faire le bonheur de leurs enfants, au mieux ils y participent, mais celui des enfants n'est pas nécessairement celui des parents.

Peu de parents imaginent leur « enfant idéal » homosexuel, ou même leur enfant homosexuel heureux. Je ne demandais pas à mes parents une évolution mais une révolution, brutale et drastique ! Il allait falloir du temps pour qu'ils réalisent que bonheur et homosexualité pouvaient rimer et qu'homosexualité n'était pas synonyme d'échec.

L'essentiel fut dit, les larmes coulèrent, la vie continua et la terre ne s'arrêta pas de tourner. Avallon restait une pause, un instant de vie, et nous reprîmes notre route, moi avec un bagage en moins, ma mère avec un bagage en plus. Un silence s'installa entre nous. Je n'osais plus ajouter un mot de peur d'aggraver la situation, de raviver la plaie, et ma mère ne savait plus quoi dire à cet étranger installé à ses côtés. Nous avions depuis le début de mon adolescence une grande complicité, même si je ne me livrais pas. La voilà qui s'effondrait.

Comme souvent, les secrets aménagent les organisations familiales et les différents membres s'aiment, se côtoient sans jamais vraiment se connaître. Des révélations se partagent parfois, certaines s'évitent dans le respect du silence de l'autre et les questions susceptibles d'entraîner des réponses gênantes s'éludent, tout simplement. Toujours pressés, nous réduisons notre commisération à des « comment ça va ? » aériens, sitôt perdus dans des espaces où la réponse n'a plus cours.

Enfant, je répondais volontiers à l'attente de mes parents et je me calquais sur le bonheur qu'ils m'avaient choisi. Sans heurt dans les rythmes établis, les années passèrent très rapidement, si bien que le jour de notre rencontre à Avallon, ma mère écarquilla les yeux devant ce fils devenu étranger.

À son tour, elle dut me redécouvrir comme je l'avais fait avant elle, et adopter dans la contrainte un enfant de vingt-cinq ans. L'émotion balaya notre histoire commune. Les sujets de conversation si abondants au début de notre périple se tarirent progressivement. Par la suite, elle n'osait même plus me téléphoner, de peur de me déranger. La peine nous éloignait lentement, toujours nos bras se tendaient l'un vers l'autre mais jamais nos mains ne parvenaient à se saisir.

Ni l'un ni l'autre ne changions, mais une vraie transformation s'inscrivait dans le regard de ma mère. Mon homosexualité joua le rôle d'un formidable révélateur pour mes parents et pour moi. Tout d'un coup, nous nous vîmes sous un nouveau jour, poussés dans nos retranchements, obligés d'accepter nos êtres. La pièce terminée, le rideau tomba. Fini l'enfant idéal et avec lui les parents idéaux !

Ma mère accepta mon homosexualité, son caractère définitif et sa différence avec la maladie ou le crime. D'étape en étape, elle chemina vers la résolution progressive de ses propres conflits. Elle ressuscita son fils mort, apprivoisa l'étranger et admit en partie mon bonheur possible.

Pour elle aussi, le problème devint de moins en moins l'homosexualité, mais de plus en plus l'homophobie. Les critiques déplacées et gratuites créaient en elle un malaise insupportable. Ainsi, en juin dernier, des amis lui proposèrent de venir passer une semaine de vacances chez eux. La télévision allumée, ils se mirent à table et les reportages sur la Gay Pride animèrent la conversation. Tous les amalgames furent concentrés en quelques phrases et les pédés, les pédophiles et les *drag queens* se retrouvèrent dans le même sac d'immondices et de perversité. Au fil des rires et des moqueries, l'angoisse de ma mère montait comme une mayonnaise. D'un seul coup, elle explosa, les remerciant d'associer son fils homosexuel à des discours aussi horribles. Gros silence. En une seconde, elle se débarrassa de sa gêne sur les convives.

Ma mère débuta une deuxième vie. Elle gagna de l'assurance et prit conscience de la légèreté et de la superficialité des conversations mondaines sur le sujet. Cependant, la situation reste très compliquée. Elle aussi, victime d'une pression sociale, fut contrainte à courber la tête. Aujourd'hui, elle la relève, regarde les autres dans les yeux et les renvoie à toutes leurs mesquineries. Elle réagit comme une rescapée, comme si elle avait échappé à la mort et retrouvé une autre définition, une autre consistance aux valeurs dans lesquelles elle croyait. Son regard sur la société, sur les autres et sur elle-même change. Si j'ai souffert pour rien, elle aussi subit une douleur inutile. Avec le temps, elle devient plus forte et apprend à s'enrichir des différences.

Mon père chemina autrement. Il devait nous rejoindre à la fin de notre voyage en Bourgogne pour se rendre à ce fameux mariage. Pendant trois jours, il appela maman, désespéré de ne pouvoir lui parler. Une fois sous la douche, une autre fois sortie acheter des bricoles, bref, ma mère me demandait d'inventer mille excuses. Elle ne pouvait lui parler de crainte d'éclater en sanglots. Le samedi, mon père nous rejoignit et sentit immédiatement un malaise. Son front plissé trahit son inquiétude. Toute la matinée, nous avions imaginé la scène et mis au point un véritable plan de bataille. Au départ, je devais commencer à lui parler, ensuite ma mère préférait aborder le sujet elle-même, après tout il s'agissait de son mari. Puis il fut décidé de reporter la conversation à un peu plus tard, vers 2030, puis de nouveau ma mère voulut prendre l'initiative. Il n'y avait pas mort d'homme et papa pouvait comprendre une révélation proportionnellement moins grave que la faim dans le monde. Finalement, nous ne savions plus du tout quoi faire en apercevant sa voiture. La suite s'enchaîna très rapidement, ma mère se précipita vers lui et s'effondra en pleurs dans ses bras. Il la questionna, mais elle pleurait trop pour pouvoir lui répondre. J'intervins alors en tirant la manche de mon père pour l'emmener dans sa voiture. Deux secondes de colloque singulier. Vingt-quatre ans de non-dits résumés dans cette petite phrase : « Voilà, je suis homosexuel et je sors avec un garçon. » Encore une seconde de vide puis sa surprenante réaction : « Ce n'est que cela ? Moi, j'ai cru que tu avais un cancer. Ce n'est pas la peine que tout le monde se mette dans un état pareil, allons rejoindre ta mère. » En plein soleil, sur une place de Dijon, je regardai mes parents dans les bras l'un de l'autre apaiser mutuellement leur peine. Ils étaient superbes de complicité et d'amour et moi, je me disais que j'avais de la chance de les avoir.

Mon père passa le week-end entier à nous rassurer. Profitant de l'absence de ma mère, il tenta une conversation d'homme : « Tu sais, Gonzague, l'amour c'est compliqué, tu te trompes peut-être, parfois on confond l'amitié et l'amour. Ce n'est pas parce que tu t'entends très bien avec un garçon que tu en es amoureux. » À travers ces paroles, je réalisai d'un coup le fossé énorme qui nous séparait et le long chemin qu'il nous faudrait encore parcourir avant de nous rencontrer vraiment. L'homosexualité n'était pas le problème important du week-end. Il se concentrait autour d'une unique priorité, consoler sa femme effondrée. Le week-end se déroula tristement, entre des visites sans goût et des balades maussades. Dans leur voiture, mon père et ma mère encaissaient le coup. Ils essayaient d'imaginer la vie des parents d'un fils pédé. Il faut le dire, il ne faut pas le dire, comment faire... Dans ma voiture, seul, je pensais à mon ami resté à Paris. Sa présence me manquait terriblement. De temps en temps, je jetais un coup d'œil dans le rétroviseur pour constater la peine dans le regard de mes parents. Je me sentais à la fois coupable, soulagé, inquiet, mais enfin libre. Dorénavant, nos chemins se séparaient, j'étais seul dans ma voiture mais aussi dans la vie. Seul responsable de moi-même. Ce jour-là, sur une route de Bourgogne, j'abandonnai définitivement mon adolescence, j'étais un homme.

À la fin du séjour, avant de me quitter, mon père me glissa dans l'oreille encore quelques mots : « Réfléchis, Gonzague, tu t'es mis dans une impasse. Tu ne pourras pas continuer ta vie comme ça... » Quelques jours plus tard, ma mère s'engageait déjà dans une démarche de compréhension. Trois ans après, mon père est toujours dans la dénégation.

Je comprends que la réaction de mon père soit plus difficile que celle de ma mère. Il refuse d'en parler. Mon homosexualité me permit d'ouvrir un nouveau dialogue avec ma mère, mais pas avec lui. Il ne me délivra que deux messages. Le premier : Je reste son fils, il m'aime et il est triste pour moi. Le second : Il me considère comme un malade et pense que j'ai choisi cette voie. À partir de là, il me demanda de ne plus lui en parler, cela ne servirait à rien et ne changerait rien. Il demeure bloqué dans la négation, dans cette première étape du deuil. À ses yeux, je ne deviens rien, je reste le petit garçon de la phase *ante* homosexuelle, son fils chéri, médecin, qui fait sa fierté.

Malgré tout, je sais qu'il souffre du décalage. Il me voit vivre de loin avec une personne qu'il ne connaît pas. Il observe sa femme prendre une direction autre que la sienne. Il se sent probablement très seul, très isolé dans ses certitudes.

Pour mon père, l'homosexualité n'existe pas. Mes parents ne m'en ont jamais parlé pendant mon enfance car, culturellement, elle ne revêt aucune réalité. Mon père adhère totalement à la vision sociale, religieuse et culturelle qui assimile le couple à la procréation. Dieu unit ses créatures pour faire des enfants. Ainsi, mon amour pour Stevens ne représente rien sinon une impasse dans laquelle j'ai choisi de me fourrer. Finalement, je suis un malade qui n'a pas encore trouvé la femme de sa vie, et mon père prie certainement pour que je la rencontre et qu'elle me guérisse. Régulièrement il utilise une phrase pour me résumer : « Gonzague, il a perdu toutes ses valeurs. » Avec le temps, nos relations se sont stabilisées et sont redevenues comme avant. Nous parlons de tout et de rien, mais parfois de petites questions percent, notamment sur ce livre que j'écris. Je suis toujours son fils, mais pas encore son fils homosexuel.

La situation elle-même est sans doute plus difficile pour mon père que pour ma mère, et j'imagine ce cas de figure fréquent. Les pères, en effet, sont moins compréhensifs, car l'homosexualité les renvoie à un fantasme violent, la sodomie. Ainsi se sentent-ils probablement beaucoup plus agressés que les mères. Ils réduisent la relation de leur fils à cet acte pour eux insupportable. Centrés sur le sexe, ils ne voient plus l'amour. Ils imaginent leur enfant dans une position dominée, voire bestiale, et cette vision les dégoûte puisque finalement c'est un prolongement d'eux-mêmes qui se trouve pénétré. Alors ils regardent leur enfant et refusent le bonheur qu'il affiche, le plaisir qu'il a pris, mais également le plaisir hypothétique qu'eux aussi auraient pu prendre. Si la sodomie ne représente plus l'effraction, la masculinité risque de s'effondrer. Par ailleurs, elle leur rappelle leur propre ambiguïté, cette part féminine en eux qu'ils refusent à tout prix. Une mère peut être bonne ou mauvaise, son statut de mère, lié à la grossesse, n'est jamais remis en cause. En revanche, le père doit en permanence réactualiser sa place de géniteur, de chef de famille et même d'homme. Élevé dans cette éducation classique où un homme se construit par opposition à la femme, mon père n'arrive plus à me situer et à se situer. Je le suppose troublé par le décalage entre ses clichés homophobes et la réalité de son fils. À son tour, il doit réinventer une vie avec un enfant qui lui inspire à la fois de l'amour et du dégoût. Je brouille des repères vitaux ancrés de façon évidente. Simplement, comme pour ma mère, son amour l'empêche de me rejeter et il accepte d'être perturbé.

Les parents parfois se projettent dans leurs descendants et confondent la transmission d'un patrimoine génétique avec leur réincarnation potentielle. L'enfant, fort de son parcours personnel et autonome, n'est certainement pas un autre « soi » en puissance. Il n'existe pas de réaction type à de telles révélations. Certaines mères se montreront très compréhensives, d'autres plus violentes. Des pères fermeront leur porte, d'autres ouvriront leur cœur. Chacun compose avec sa propre histoire, ses fantasmes et sa tolérance. Finalement, trois questions me semblent importantes : est-ce que j'aime mon enfant pour ce qu'il est ou pour ce que je voudrais qu'il soit ? A-t-il le droit de se réaliser au-delà de moi, dans son autonomie, et puis-je l'accompagner dans cet univers qui n'est plus le mien, qui m'inquiète ? Pourquoi sa sexualité me dégoûte-t-elle, quelle est cette haine qui naît en moi, puis-je affronter mes blessures narcissiques sans me cacher derrière ma bonne moralité ?

Aucun de mes deux parents ne me rejette, simplement ils se trouvent dans deux possibilités d'acceptation différentes. Ils cheminent à leur rythme. Ma mère me raconta un jour un de ses rêves :

« Sur la plage je construisais des châteaux de sable. Je commençais par deux forteresses. Elles étaient massives et solides avec deux énormes tours entourées par un ensemble de petites tourelles. Le troisième château, moins gros, possédait une unique tour en son centre. Une fois achevés, je contemplais les bastions, chacun représentant un de mes trois enfants. Puis une énorme vague balaya le troisième château. Ce raz de marée symbolisait l'annonce de ton homosexualité. J'étais très triste mais, en y regardant de plus près, je remarquai les fondations encore présentes, solidement ancrées dans le sable, prêtes à résister à n'importe quelle vague. Alors je me mis à reconstruire un nouveau château sur ces anciennes fondations, avec une architecture plus moderne cette fois, de grandes baies vitrées, des espaces aériens. Une construction unique. »

Elle conclut par cette phrase : « Gonzague, tu es mon nouveau château. »

3

Mon problème n'est plus l'homosexualité mais l'homophobie

De l'acceptation au témoignage

Ma vie semblait relativement simple. Mes parents, au courant de mon attirance pour les garçons, cheminaient péniblement, mais sans rejet. Ma différence, en partie intégrée à présent, me nourrissait, et j'acceptais enfin de donner et de recevoir de l'amour. Pourtant, le combat était loin d'être fini. Je quittais l'anorexie pour entrer dans la boulimie. Pendant des années, j'avais refusé toute identification à l'homosexualité ; du jour au lendemain, je ne jurais que par elle. Je divisais arbitrairement le monde en deux camps opposés, faisant de l'hétérosexualité l'ennemie numéro un, avec laquelle je ne voulais plus rien avoir à faire. Je basculais du « tout culpabilisé » au « tout gay ».

Mes amis furent les premiers surpris par ce changement. Ils ne comprenaient pas vraiment mon attitude et rapidement critiquèrent ma transformation. Mes camarades, pour la plupart issus d'un milieu catholique bourgeois, étaient enfermés dans un microcosme bien-pensant en retrait des réalités sociales. À peine sortis de leurs cours, ils quittaient la faculté au plus vite pour rejoindre une bibliothèque tenue par les jésuites, une sorte de forteresse rassurante. Ainsi, ils étaient sensibles au moindre détail différent de leur quotidien.

Un jour, Stevens m'offrit un pull-over ; le vêtement se portait près du corps. Dès mon arrivée à la bibliothèque, les yeux se tournèrent vers moi. Les étudiants me dévisagèrent de haut en bas. Mes amis m'expliquèrent gentiment : « Évidemment, on te regarde : t'es fringué comme un pédé. Maintenant, on a l'impression que tu fais tout pour choquer. » Que savaient-ils de l'homosexualité ? Pas grand-chose, j'étais le premier gay qu'ils rencontraient.

De même, au départ, ils accueillirent chaleureusement Stevens, trouvant formidable notre bonheur partagé. Mais ils ne nous invitaient qu'à des dîners intimes, sans autres convives. À l'occasion d'une pendaison de crémaillère, mes copains me firent comprendre qu'il serait de bon ton que je vienne seul. Ils m'expliquèrent simplement qu'ils ne voulaient pas imposer notre homosexualité aux autres invités. Pourtant, ils connaissaient ma pudeur. À l'époque, il ne me serait pas venu à l'idée de tenir la main de Stevens en public, encore moins de l'embrasser. Je ne comprenais pas leur réticence, car il ne semblait pas que « pédé » était inscrit sur nos fronts. Plus tard, je réalisai les vraies raisons de ce rejet. Le racisme d'abord, l'homophobie ensuite. Évidemment, ils n'acceptaient pas Stevens parmi eux. Comment expliquer la présence d'un Noir avec un piercing dans le nez ! Son look faisait tache au milieu des autres, en veste et cravate. Inévitablement, je m'éloignai de cette bande de copains. Sans conflit mais par incompréhension mutuelle, nos chemins se séparèrent.

Avide de rencontres et d'amitié, je me tournai tout

naturellement vers la communauté gay. À mes yeux, l'étiquette « homosexuel » suffisait à garantir l'extrême humanité des individus. Naïvement, j'imaginais les victimes d'une oppression forcément ouverte. Il me fallut plusieurs mois pour accepter cette triste réalité que le milieu gay est finalement peu différent de la société. Il s'y trouvait des racistes, des antisémites et même des homophobes. Il n'existait pas de consensus, et des pédés bourgeois critiquaient des folles tordues qui les regardaient de haut en retour. Heureusement, je rencontrai aussi des gens formidables, grandis par leur expérience, qui contribuèrent à mon épanouissement personnel.

J'adoptai la culture gay sans même m'en rendre compte. Je me ruais sur tous les films évoquant de près ou de loin l'homosexualité et j'épluchais systématiquement le programme de télévision à la recherche d'amours entre hommes. Peu importait l'intérêt du scénario, le jeu minable des acteurs, tant qu'un début d'identification paraissait possible. Pendant de nombreuses années, j'avais dû subir les images hétéros, il me fallait à présent de l'homo à toutes les sauces. Avec le même appétit, je regardais des navets ou de véritable chefs-d'œuvre, tels *Les Roseaux sauvages, Beautiful Thing, Garçon d'honneur, Maurice...*, autant de films qui me permirent de m'accepter positivement.

La lecture me donna également des repères précieux. D'abord, j'essayai d'alterner littérature gay et littérature classique, mais rapidement je ne me fournis plus que dans les librairies spécialisées. Je dévorais. Au fil de mes découvertes, j'enrichis mes connaissances sur l'homosexualité, ses concepts, son histoire. Cette approche théorique me permit de prendre un certain recul vis-à-vis de ma propre sexualité. Ainsi, mes discours, au départ pleins de colère et très agressifs, finirent par s'apaiser. Mon intégration sociale, commencée par un rejet de l'hétérosexualité, se poursuivait par une intériorisation positive de mon homosexualité. Dès lors, mes centres d'intérêt s'élargirent à l'ensemble de la sexualité quelle que soit son expression, puis aux rapports humains en général. Cette nouvelle passion me réconcilia avec la médecine. J'abandonnai la maladie et les organes pour me consacrer à l'humain.

Vivre ma sexualité ne résolut pas le problème qu'elle avait constitué pour moi pendant de nombreuses années. Les vrais changements s'établirent le jour où j'acceptai de me détacher des tabous sociaux pour penser différemment. Je pus alors répondre aux questions qui m'obsédaient depuis tant d'années. Questions qui sont sur les lèvres de chacun, et dont les réponses erronées font le lit de l'intolérance. Tous les bouleversements survenus dans ma vie m'amenèrent à me resituer dans le contexte politique et historique. Ma manière de concevoir ma sexualité s'intégra aussi bien dans un cheminement personnel que dans une évolution sociale. Cette liberté de pensée dont j'use aujourd'hui, je la dois d'abord aux femmes et aux hommes qui ont lutté pendant de nombreuses années contre l'intolérance.

L'histoire de l'homosexualité se confond avec celle de l'homophobie. Pour résumer simplement, deux étapes se succèdent. Avant le XIXe siècle, il n'existe pas de classification précise mais juste un acte répréhensible, la sodomie ; à partir du XIXe siècle, l'homosexuel devient un personnage.

Les amours entre hommes ou entre femmes sont ancestraux. Nous en retrouvons des traces dans l'ancienne Chine ou encore dans la Grèce antique, avec la « pédérastie institutionnalisée ». La grande garde sacrée de Thèbes, par exemple, se composait de soldats en couple. Leur force légendaire s'expliquait par la cohésion des amoureux et l'ardeur de chaque guerrier à protéger son amant. L'Ancien Testament témoigne aussi de telles amours. Le Cantique de Salomon décrit l'amour partagé par David et Jonathan : « Jonathan s'attacha à David et l'aima comme lui-même. » « Ton amitié était pour moi une merveille plus belle que l'amour des femmes », (Samuel, I,26). En réalité, la bisexualité faisait partie intégrante des civilisations antiques.

Au milieu du XIVe siècle, l'Église imposa ses modèles. Ainsi, en dehors du mariage et de la pénétration vaginale « à la missionnaire », tout acte sexuel était qualifié de démoniaque. L'Église et l'État interdirent les pratiques « déviantes », condamnant les sodomites au nom du « péché muet » ou du « vice abominable ».

À partir du XVIIe siècle, le crime se laïcisa et le vocabulaire se modifia. On parlait de « pédérastes » ou d'« infâmes ». L'homosexualité devint un crime social contre lequel l'État mit en œuvre un arsenal législatif. Les philosophes des Lumières apaisèrent un peu les esprits pendant une courte période. Diderot par exemple qualifia la sodomie de « plaisir précieux ». Par la suite, l'homosexuel devint ennemi d'État et les poursuites institutionnalisées. Le procès d'Oscar Wilde en est l'illustration la plus célèbre.

Le XIXe siècle marque un tournant. Les homosexuels s'organisent pour lutter contre l'oppression à laquelle ils sont soumis. Pour mieux se faire accepter, ils créent des théories sur l'origine de leur désir, mais déclenchent du même coup une escalade médicale. L'avènement d'un nouveau vocabulaire — « homosexuel », « inverti » — correspond à la naissance d'une essence, mais aussi d'une pathologie psychique, d'un mal social et, finalement, d'une nouvelle intolérance.

En 1869, un Hongrois, le docteur Benkert, invente le terme d'homosexuel. À la même époque, un autre médecin, Heinrich Ulrichs, publie *Recherche au sujet de l'énigme de l'amour de l'homme pour l'homme,* ouvrage dans lequel il distingue un « troisième sexe » entre l'homme et la femme — les « uranistes » — et qualifie cette nouvelle espèce d'« âme féminine tombée dans un corps d'homme ». Débordant de bonnes intentions, Ulrichs engage pourtant les homosexuels sur la voie de la maladie mentale. Le grand neurologue Charcot, professeur de Freud, parle quant à lui d'« invertis sexuels », qu'il situe dans le cadre étiologique des dégénérescences.

Certains médecins tentèrent une approche plus humaine, refusant l'étiquetage médical. J. A. Symonds, Edward Carpenter ou Havelock Ellis prirent le risque de faire évoluer les mentalités alors même que la police traquait les « invertis » et que l'Angleterre était le théâtre d'une série de pendaisons pour sodomie. Les théories se succédèrent, les traitements, allant de l'électrochoc à la lobotomie, de la thérapie électrique d'aversion à la castration thérapeutique, encore utilisée dans les années 1960.

Dans les années 1920, d'autres pionniers participèrent à la lutte contre l'homophobie — Freud, dans les dernières années de sa vie, mais aussi Magnus Hirschfeld. À Berlin, en 1897, ce dernier fonda le

Comité scientifique humanitaire, qui visait l'abolition du paragraphe 175, texte qui par la suite justifia l'extermination des homosexuels par les nazis. En 1919, il créa l'Institut berlinois pour les sciences sexuelles, incendié par les nazis.

Vinrent alors la Seconde Guerre mondiale et les persécutions sauvages dont furent victimes les homosexuels en Allemagne. Dans les camps de concentration, ils portaient un triangle rose et partageaient le sort des Juifs et des Tziganes. Sur l'échelle des prisonniers, ils étaient les plus bas. Le nombre d'homosexuels victimes de la barbarie nazie n'a pas été officiellement établi car les registres ont été en grande partie détruits par les S.S. ; mais on l'estime à cinquante mille personnes.

L'Allemagne ne fut pas la seule à persécuter les homosexuels. Par exemple, les G.I. découverts en plein acte homosexuel devaient, en guise de punition, porter un grand « D » jaune dans le dos, « D » comme « dégénéré ». Après la guerre, on s'en prit aux « pédés rouges », qui firent les frais d'une chasse aux sorcières à grande échelle. Par la suite, la police continua ses « descentes » dans les boîtes d'hommes pour dresser des procès pour atteinte aux bonnes mœurs. On recourait à des policiers en civil pour jouer les « chèvres » dans les toilettes publiques, les parcs et les lieux ouverts.

Les années 1970 marquent un nouveau tournant. Un certain nombre d'homosexuels américains sortent de leur silence forcé, de leur clandestinité douloureuse. Au terme « homosexuel », à forte connotation médicale, lié à la perversion, ils préfèrent celui de « gay », plus positif. Le 27 juin 1968, la police newyorkaise fait une descente dans un bar gay, le

Stonewall, dans Greenwich Village, au prétexte officiel de violation de la loi sur les alcools. Les homosexuels en colère ripostent ; c'est l'émeute pendant deux jours et deux nuits. Cette révolte est l'événement fondateur, quasi mythique, d'une libération. Le droit à l'existence et la dépénalisation deviennent alors les revendications des gays, qui s'organisent. Les vêtements et les habitudes changent, prenant des aspects provocants, fiers, colorés et bruyants, en réponse à des siècles d'oppression et de discrimination. Des organismes voient le jour dans de nombreux pays, notamment le Mouvement de libération gay aux États-Unis, le Front de libération gay en Angleterre, le Front homosexuel d'action révolutionnaire en France. Ils participent à une nouvelle réflexion sur la société à travers les *Gay's Studies.* Les homosexuels se rassemblent et s'aident à s'accepter, à ne plus rougir ou baisser le regard, à refuser le sentiment d'humiliation et de honte dans lequel ils vivaient. Le G.L.F. manifeste devant les pubs refusant l'entrée aux jeunes soupçonnés d'homosexualité. Par ailleurs, les gays ouvrent leurs propres boîtes, où ils peuvent se retrouver dans une atmosphère détendue. En 1970 est organisée la première semaine de la fierté homosexuelle (*Gay Pride Week*), qui se termine par une marche sur Christopher Street, en mémoire des émeutes de Stonewall.

Aux États-Unis, les militants font pression sur la faculté de médecine pour qu'elle raye l'homosexualité de la liste officielle des maladies psychologiques. Après des débats violents, avec insultes et arrêts de séances, le bureau de l'American Psychiatric Association « démédicalise » l'homosexualité en 1973. Bientôt, l'« homosexualité dystonique », c'est-à-dire mal vécue, qui reste encore dans les manuels, disparaîtra elle aussi.

Je suis né en 1974, dans ce contexte. Riche d'un héritage insoupçonné. Sans interruption, des femmes et des hommes participèrent à cette lutte pour aboutir à ce climat de relative liberté que je connais aujourd'hui. Pendant mes vingt-quatre premières années, alors même que je tentais de nier mes attirances, d'autres continuaient à se battre pour les faire accepter dans la société. Citons Raymond Barre, Premier ministre de Giscard d'Estaing qui, en 1980, dépénalisa l'homosexualité. En 1982, François Mitterrand s'attacha à faire disparaître de notre arsenal répressif l'article 331 du Code pénal, hérité d'une ordonnance de Vichy de 1942, qui interdisait aux homosexuels d'avoir des relations sexuelles en dessous de dix-huit ans, alors que l'âge de la majorité « hétérosexuelle » était fixé à quinze ans. Les débats à l'Assemblée nationale furent particulièrement violents. Le ministre de la Justice, Robert Badinter eut alors cette phrase : « Si perversion il y a, c'est bien d'une perversion du droit qu'il s'agit. » Le garde des Sceaux était déjà intervenu aux côtés de Gaston Deffere en 1981 pour faire disparaître les discriminations et les suspicions en fonction de la seule orientation sexuelle. En effet, depuis 1960, suite à un amendement du député Paul Minguet, l'homosexualité était classée dans la liste des « fléaux sociaux ». Dans les années 1980, il existait encore des inspecteurs spécialisés dans le contrôle des établissements homosexuels au sein de la brigade des stupéfiants et du proxénétisme. En 1984, le Premier ministre fit procéder au démantèlement des fichiers de police recensant, dans certains cas et en fonction des lieux, les homosexuels.

En 1981, le ministre de la Santé Jack Ralite annonça que la France ne prendrait plus en compte la classification de l'O.M.S. qui faisait de l'homosexualité une maladie mentale. Pour sa part, l'O.M.S. abandonna définitivement cette classification en 1991. À la même époque, on vit les premiers cas de sida. L'épidémie marqua énormément ma génération. Tous les discours, positifs ou négatifs, sur la cause gay, portent le poids de cette maladie.

Enfin, avec le nouveau siècle, arrivèrent le P.A.C.S. et son cortège de polémiques. De nouveau, la place de l'homosexuel dans la société fut discutée. Le débat dépassa les clivages politiques, comme le montra le discours de Roseline Bachelot à l'Assemblée nationale. Les mentalités évoluent, mais la haine persiste. Des manifestants brandissent encore des banderoles « Les pédés au bûcher ». Dans le monde, l'homosexualité reste illégale dans soixante-quatorze pays sur deux cent deux, punie de la peine de mort dans dix, protégée par la loi dans six seulement. Les sondages révèlent que la moitié des Français refusent encore de considérer l'homosexualité comme une forme de sexualité acceptable.

Pour ma part, j'ai pu progressivement déverrouiller ma personnalité en apportant pas à pas mes propres réponses à toutes ces idées préconçues. J'ai abouti à un état, comme je suppose l'hétérosexualité pour d'autres, où ma sexualité ne résume plus ma vie de façon douloureuse, même si elle détermine à mon insu mon comportement. Dans *La Peur de l'autre en soi,* Daniel Welzer-Lang définit cette sensation avec beaucoup de justesse : « L'attirance pour une personne de son sexe n'est ni une maladie ni un problème en soi, mais une éventualité, une réalité, parfois un choix (permanent ou non), toujours un désir irrépressible. »

Dialogue avec Brigitte Canuel

Quand Brigitte me proposa de témoigner et de raconter mon enfance, ma première réaction ne fut pas très positive. Il me semblait que l'homosexualité était omniprésente dans les conversations, les médias, les films, les livres, et que ma contribution serait inutile, et dangereuse pour moi.

En flânant dans une librairie spécialisée, je me rendis compte qu'il n'en était rien. Il existait des romans gays, de nombreux essais sur le phénomène homosexuel écrits par des philosophes, des médecins, des sociologues, et quelques biographies. Mais l'enfance et l'adolescence étaient quasi absentes des rayons. Or, en feuilletant un magazine, je découvris des chiffres inquiétants sur le suicide des adolescents. L'étude réalisée par le pédopsychiatre Xavier Pommereau dans l'unité médico-psychologique de l'adolescence et du jeune adulte du centre Abadie de Bordeaux, révélait un taux de suicides six fois plus important chez les jeunes homos.

Les homosexuels ont d'abord été des enfants. Des gamins, dans les écoles, dans les familles, qui grandissent avec une représentation sociale négative d'eux-mêmes. Des enfants qui souffrent souvent d'un désir qu'ils ne choisissent pas. Pour les hétéros, on reconnaît la fixation du désir sur le sexe opposé dès le plus jeune âge ; pour les homos, on parle d'ambivalence affective ou d'homosexualité latente, comme si le choix de l'objet sexuel se faisait pour eux à l'âge adulte. Pourquoi ne pas reconnaître l'homosexualité chez l'enfant ? Comment faire évoluer la société et les mentalités pour que ces enfants gays puissent un jour grandir en adéquation avec leurs désir ?

J'acceptai donc de répondre aux questions de Brigitte. Je voulais rappeler que les homosexuels ne sont pas seulement des *drag queens* dans les boîtes de nuit, des militants sur les plateaux de télé ou de jeunes couples qui assument leur amour. Ce sont aussi les enfants qu'ils ont tous été.

— *Penses-tu que l'homosexualité soit un choix de vie comme on l'entend souvent dire ?*

J'entends souvent dire, par gentillesse, qu'on respecte mon choix. Quelle drôle d'idée ! Comme si j'avais choisi de souffrir pendant vingt-cinq ans et de me reconnaître dans les blagues homophobes ! Comme si je m'étais dit du jour au lendemain : « Tiens ! les garçons m'intéressent. » Je n'ai rien choisi, sinon de vivre malgré tout.

J'ai dû faire un travail d'acceptation. Accepter d'être, mais aussi accepter de ne pas être. Ainsi, j'ai fait le deuil de l'homosexualité comme d'un problème, mais aussi le deuil de l'hétérosexualité. À cette étape succéda le long apprentissage de l'amour de soi, nécessaire pour enfin s'autoriser à être heureux.

Stevens m'aida énormément pour que se substitue au déni permanent et à la culpabilité une ébauche d'identification positive. Il refusa que l'amour que je lui portais pût être d'abord une fuite de cet amour que je n'avais pas pour moi. Finalement, mes interrogations sur la vie vont bien au-delà du problème exclusif de la sexualité, auquel nous sommes trop facilement réduits. Grâce à Stevens, à son amour, je guéris enfin de « la maladie de Gonzague ». Fini le petit monstre isolé, s'automutilant dans son coin. Aujourd'hui, je revendique mon droit au bonheur.

— *Ton identité ne va pas de soi et tu seras systématiquement identifié par ta différence. L'homosexuel est-il souvent considéré comme anormal ?*

Au XIXe siècle, pour réformer la société et accroître sa tolérance, les sexologues créèrent un « modèle homosexuel ». Malheureusement, en développant l'idée de l'innéité et de l'irresponsabilité, ils enfermèrent du même coup l'homosexuel dans la déviance et la maladie. Dans un deuxième temps, on créa le concept d'hétérosexualité, comme dit J. Weeks, pour décrire cette normalité qui postulait une différence radicale entre les sexes en même temps qu'elle liait de façon indissoluble l'identité de genre (être un homme ou une femme) et l'identité sexuelle. Élisabeth Badinter explique dans *XY* que « la naissance de l'homosexualité pathologique va de pair avec celle de la "race maudite" de Proust et avec celle aussi de la normalité hétérosexuelle. La sexualité mâle "normale" relevait d'un "instinct" dont l'objet naturel était l'autre sexe ». Dès lors, une comparaison entre l'hétérosexualité et l'homosexualité put s'opérer, la première supérieure à la seconde, source de l'hétérosexisme encore présent aujourd'hui. Cette classification permit de rassurer les hommes qui voyaient dans les « déviances » un danger pour la nation. C'est ce que Weeks explique avec justesse : « L'identité homosexuelle, telle que nous la connaissons, est donc une production de la classification sociale dont le but essentiel était la régulation et le contrôle. Nommer, c'était emprisonner. »

Une fois les gays identifiés, il fallut évaluer l'ampleur de cette particularité sexuelle. L'étude la plus fiable, car portant sur un échantillon important, est celle réalisée par Alfred Kinsey dans les années 1950, confirmée trente ans plus tard par celle de Hite. Kinsey interrogea cinq mille trois cents hommes qu'il répartit selon une échelle numérotée de 0 à 6, de l'hétérosexualité exclusive à l'homosexualité exclusive. Les résultats firent scandale. En effet, 50 % des hommes adultes interrogés disaient avoir ressenti une attirance pour un autre homme ; 37 % avaient connu au moins un rapport homosexuel les ayant menés à l'orgasme. 6 % reconnaissaient une homosexualité exclusive, mais on considère qu'en fait 10 % ont exclusivement ou presque exclusivement des relations homosexuelles. 10 % est le chiffre actuellement admis de l'incidence de l'homosexualité dans la société. En 1993, l'enquête française A.C.S.F. retrouvait le même ordre de valeur.

L'échelle de Kinsey a alimenté les discussions sur la bisexualité. Depuis de nombreuses années, ce concept divise les chercheurs. Certains, comme Stoller, imaginent une organisation duelle entre deux entités opposées, l'homosexualité et l'hétérosexualité. D'autres, comme Klein, adoptent une classification tripartite : hétéro, homo et bisexuel. D'autres enfin, tels Kinsey ou Fischer, considèrent qu'il existe un continuum hétéro-homosexuel. Aucune théorie n'a réellement prouvé sa supériorité, mais la société penche pourtant pour la première. Du même coup, les homos entrent dans la catégorie des minorités. Le refus d'acceptation de l'homosexualité est fondé en grande partie sur ce problème de nombre. Stoller refuse l'idée d'une homosexualité universelle. Il considère « l'homosexualité comme une préférence sexuelle, une différence propre à une minorité. [Les homosexuels] ne sont pas plus malades que d'autres minorités (Juifs, Noirs, Américains...) mais ne doivent pas être confondus avec les hétéros. »

Dès sa naissance en 1971, afin de combattre cette oppression, le Front homosexuel d'action révolutionnaire publia des journaux comme *L'Antinorme* ou *Rapport contre la normalité.* Dans ce dernier, on pouvait lire : « Le F.H.A.R. implique, pour chacun d'entre nous, de combattre l'ordre social existant, qui frappe les homosexuels sans qualité comme il frappe les femmes, les jeunes, les Arabes ou les Noirs. » On répondait à la violence par la violence. Le premier texte du journal, « Tout », est ainsi « une adresse à ceux qui se croient normaux » : « Vous, hétérosexuels, croyez n'y être pour rien et pourtant vous êtes nos oppresseurs, vous ne pourrez rien pour nous tant que vous resterez vous-mêmes... Vous êtes individuellement responsables de l'ignoble mutilation que vous nous avez fait subir en nous reprochant notre désir. » Rapidement, la communauté gay comprit le danger de cet enfermement et changea de revendication. Le droit à la différence devint le droit à l'indifférence.

Finalement, entendre que l'homosexualité est associée à l'« anormalité » ne me perturbe plus. J'ai compris que ce concept avait été inventé par les hétéros pour les hétéros, comme moyen de défense pour se rassurer. Il en est de même pour toutes les minorités. L'appartenance à la majorité tranquillise, sans aucun doute, et trop souvent justifie le droit d'exclure. Gary Kinsman disait : « En récusant l'hétérosexualité comme norme psychologique et sociale, les gays ont mis en cause certains aspects des institutions masculines et du privilège mâle. » Définir par la différence, c'est tout simplement nier la singularité et la personne humaine pour glisser doucement mais sûrement vers le racisme, l'intolérance et les extrémismes en tout genre. Les expressions quotidiennes « travail d'Arabe », « gros pédé », « radin comme un juif » ou « fainéant comme un Nègre » banalisent cette exclusion nourrie de haine, qui peut se traduire par des actes violents, des crimes racistes ou homophobes. Ce qui me gêne dans l'« anormalité », c'est la répression qui l'accompagne.

— *Pour moi, même si tu n'es pas dans la norme majoritaire aujourd'hui établie, tu n'es pas anormal pour autant. Mais comment te sens-tu considéré dans la société ?*

En 2001, *Le Parisien* consacra un dossier à l'homosexualité. Question : « Comment réagiriez-vous si votre enfant vous annonçait qu'il est homosexuel ? » Une femme répondait : « J'ai un garçon de quatorze ans qui me semble très viril. Ce serait sans doute un choc, mais on arrive à pardonner beaucoup de choses à ses enfants. Néanmoins, je crois que je serais très déçue, en colère contre la société qui est parfois si permissive à l'égard des jeunes et des adolescents. » Un homme : « Je ne doute pas un seul instant de tomber dans une rage folle en apprenant ça. D'ailleurs, ce ne serait pas possible dans ma famille, car nous avons reçu une éducation très stricte. Je vais vous dire, je ne considère pas les homosexuels comme des gens normaux. Pour être honnête, je ne les supporte pas, même si j'en ai côtoyé. À chaque fois, je me suis permis de leur dire ce que j'en pensais. » D'autres : « C'est à la mode. » « Après tout, un homo n'est pas taré. On n'a pas besoin de l'emmener chez le médecin pour le soigner. » « Comme disait je ne sais plus quel comique, ils ne se reproduisent pas, mais ils prolifèrent ! »

Cela ne me dérange pas que la société considère ma sexualité comme hors norme, à condition qu'elle reconnaisse que les limites de la norme ont été posées par elle, arbitrairement.

La société a l'impression de voir de plus en plus d'homosexuels. Je ne pense pas qu'ils soient plus nombreux. Ils sont en revanche de plus en plus visibles, puisqu'ils revendiquent leur part de normalité et surtout refusent d'être rejetés de la majorité. Tant qu'ils demeuraient des cas à part, des foyers minoritaires, ils pouvaient être exclus sans difficulté. Aujourd'hui, leur nombre et leur poids social ne permettent plus cette exclusion, et remettent en cause ces notions de norme et de majorité.

— *Alors que tu as raconté ton histoire de manière douce et humaine, le discours que tu tiens là s'apparente davantage à du militantisme et peut passer, auprès de ceux qui luttent contre la reconnaissance sociale de l'homosexualité, pour de la provocation. T'inscris-tu maintenant dans une démarche militante ?*

Absolument pas. Je ne milite nulle part, j'essaie

juste de comprendre, d'apporter ma réponse personnelle, nourrie de mes lectures, et pas celle d'une communauté ou de tous les homosexuels. Quant à la provocation, si le fait de poser des questions et de vouloir trouver des réponses est provocant, alors je suis provocateur !

Pourtant, ma démarche n'est en aucun cas d'imposer une réponse toute faite ou d'éveiller une réaction de rejet. Je me sers de mon expérience pour répondre aux questions que je me pose. Ma remise en cause n'est pas une manipulation intellectuelle à mon avantage, mais juste un autre regard sur la vie, parce que je vis différemment. Être, ne constitue pas en soi une provocation. Prenons l'exemple de la Gay Pride, qui exaspère tant de monde. Elle est souvent réduite à trois *drag queens* à moitié nues qui sont là pour exciter la foule avec leurs déhanchements. C'est du moins l'image favorite des médias. Ne peut-on pas voir les choses autrement ? La Gay Pride, n'est-ce pas juste le défilé des homosexuels revendiquant leur droit d'exister ? Est-il impossible de comprendre que, dans une société à priori peu favorable, il soit courageux de vouloir affirmer son existence ? Oui, ce jour-là les homos sont fiers, non pas d'en être mais d'être, tout simplement. Et oui, les *drag queens* sont présentes, mais elles ne sont pas sorties d'un chapeau pour provoquer les braves gens. Toute l'année, elles donnent des spectacles dans les boîtes de nuit. Leur costume est le même et reste un déguisement pour faire la fête. Il n'est pas cousu pour la Gay Pride ! Pourquoi le fait de sortir des boîtes de nuit serait tout à coup agressif ? Ce n'est pas parce que ton œil n'est pas habitué à voir une réalité qu'elle est agressive en elle-même.

— *J'observe que vous renvoyez une image extrêmement perturbante à tous ceux qui vivent dans la norme majoritaire. D'abord, comme tu le dis, tout le monde a besoin d'être rassuré. Ceux qui sortent du moule rassurant où vit la majorité dérangent et la majorité n'aime pas être dérangée. Ensuite, la norme est souvent associée à la nature et la nature, pour la majorité, c'est un homme et une femme, biologiquement configurés pour se compléter et pour perpétuer l'espèce. Enfin, vous agressez aussi par tout un tas de fantasmes, notamment dans le domaine de la liberté sexuelle, qui ne plaisent pas. Le fantasme est inacceptable s'il devient réalité. Quelle est ta réaction quand tu entends dire que l'homosexualité n'est pas naturelle ?*

Traditionnellement, nous réduisons l'homosexualité à une maladie ou à un comportement contre nature. Or la nature se définit comme l'ensemble des choses perçues, en tant que milieu où vit l'homme, l'ensemble de tout ce qui existe et qui répond aux lois de la biologie. L'homosexualité fait donc partie de la nature. Si on la considère comme une perversion de la nature, comment a-t-elle fait pour passer le terrible crible de la sélection naturelle ?

Le concept de « naturalité » est débattu depuis très longtemps, et les arguments utilisés pour soutenir ou pour condamner l'homosexualité sont les mêmes. L'« homosexualité animale » en est le parfait exemple. L'étude de l'américain Bruce Bagemihl évoquée dans l'article « L'homosexualité, aspect méconnu de la diversité animale » du *Monde* du 8 décembre 1999 a soulevé une polémique. Le biologiste aurait observé un comportement homosexuel dans plus de trois cents espèces de mammifères et d'oiseaux. Il expliquait que cette découverte n'était pas nouvelle : « Elle a été signalée par les Anciens et étudiée, parfois en détail, aux XVIIIe et XIXe siècles. Mais les scientifiques de terrain ont le plus souvent négligé, ignoré ce qui, pourtant, crevait les yeux. Les préjugés ainsi qu'une homophobie rampante ou déclarée ont longtemps prévalu. Étrange, bizarre, pervers, aberrant, déviant, anormal et antinaturel sont quelques-uns des termes utilisés par les naturalistes pour décrire ces comportements. » Il faut rester prudent sur les interprétations et les parallèles entre l'animal et l'homme.

Si l'on s'intéresse uniquement à l'humain, il semble que l'homosexualité dépasse les barrières de la culture. Élisabeth Badinter cite une étude du sociologue Frederick Whitam qui suggère six conclusions : 1. il y a des homosexuels dans toutes les sociétés ; 2. le pourcentage d'homosexuels semble le même dans toutes les sociétés et reste stable dans le temps ; 3. les normes sociales n'empêchent ni ne facilitent l'émergence de l'orientation homosexuelle ; 4. des sous-cultures homosexuelles apparaissent dans toutes les sociétés dès qu'elles comptent un certain nombre de personnes ; 5. les homosexuels des différentes sociétés tendent à se rassembler selon leurs comportements et leurs intérêts ; 6. toutes les sociétés produisent un continuum similaire entre des homosexuels très masculins et très féminins. Et Élisabeth Badinter de conclure : « Tout cela donne à penser que l'homosexualité n'a pas été créée par une organisation sociale particulière, mais serait plutôt une forme fondamentale de la sexualité humaine, qui s'exprime dans toutes les cultures. »

Le concept de nature est loin d'être évident. Souvent, il est confondu avec celui de procréation. Je ne suis pas sûr que la nature de l'homme soit de se reproduire. À mes yeux, c'est une fonction qui permet de perpétuer l'espèce. Or la fonction n'est pas la finalité. Pour moi, le seul but de l'homme est de vivre. En outre, une fonction lui est offerte, donner la vie, nécessaire à la perpétuation de l'espèce, mais qui n'est pas indispensable à tout individu. Je suis persuadé — d'ailleurs nous l'observons — qu'on peut vivre sans procréer. Un des arguments opposés à la reconnaissance de l'homosexualité, est le fait que ceux-ci ne procréent pas. Ils ne sont pas les seuls dans la société. Il existe des couples stériles, des prêtres, des célibataires, des hommes et des femmes qui choisissent de ne pas mettre d'enfants au monde. Toutes ces personnes qui sortent du programme de repopulation de la planète sont-elles pour autant des malades, des pervers ou des irresponsables ?

On entend dire : « S'il n'y avait que des homosexuels et des gens sans désir d'enfant sur terre, la vie s'arrêterait. » Pourquoi ne devrait-il exister que des hétéros ou que des homos ? Comme si l'homosexualité allait se propager, tel un virus, pour détruire la planète ! L'équilibre, c'est la diversité. Et quand bien même les homos resteraient-ils seuls sur terre ? Ce ne serait pas la fin du genre humain, mais une recomposition et une réadaptation de la société et de l'enfant à l'intérieur du couple. Finalement, le seul élément qui pourrait arrêter net la perpétuation de l'humanité serait une population d'hommes seuls ou de femmes seules.

Être naturel, c'est être conforme à son désir. L'homosexualité est pour moi une éventualité de la nature, une autre forme de nature. Deux hommes qui se désirent ne sont évidemment pas dans une fonction reproductrice, puisque ce sont deux pénis l'un avec l'autre. Sont-ils pour autant contre nature, ou simplement conformes au désir de leur nature ?

Notre corps est à la disposition de notre plaisir par de multiples zones érogènes — les hétérosexuels épanouis le savent. La recherche légitime de ce plaisir ne se limite pas à des pénétrations vaginales à but procréateur ! On parle souvent de pratiques contre nature, évitant ainsi l'emploi du terme sodomie, et on associe à l'homosexualité une sexualité qui lui serait propre. La fellation, la sodomie sont-elles des pratiques strictement homosexuelles ? Les hétérosexuels sont-ils dépourvus d'analité ? La sexualité entre partenaires de même sexe est diabolisée à tort, car elle n'a rien de différent de celle de partenaires de sexes opposés. Homo ou hétéro, chacun adapte sa sexualité à son couple.

— *Si l'intégration de « l'autre » est une étape de développement de la construction psychique de tout être humain, toi, avec ton attirance pour « le même », tu remets en cause ce principe d'altérité.*

Je n'ai nul rejet vis-à-vis des femmes. Simplement, elles ne créent aucune émotion en moi. Mon désir n'est pas tourné vers elles. Finalement, je voudrais renvoyer la question aux hétéros : quelle est la source de votre désir ? Je ne suis pas sûr qu'il soit stimulé par la différence.

Je ne suis pas à la recherche d'un second Gonzague, ni même d'un autre homme. J'éprouve du désir pour certains hommes, qui parfois sont très différents de moi, comme vous hétéros. L'altérité existe aussi chez les homosexuels. Nous tombons amoureux d'un autre, pas de nous-même. Ou alors il s'agit de narcissisme, et chacun est concerné par une plaie qui peut atteindre tous les couples, qu'ils soient hétéros ou gays.

Finalement, les termes *normal, naturel,* ne recouvrent aucune idée précise, sinon celle d'exclure les singularités gênantes. Pendant toute mon enfance, j'ai cru au bien-fondé des jugements pseudo-scientifiques, sans jamais réaliser qu'ils étaient teintés d'un moralisme intolérant. J'ai dû me construire avec la conviction d'être un « satellite social ». Je trouve aujourd'hui que le F.H.A.R. a défini le mot *naturel* de façon provocante mais intéressante : « tout ce qui n'est pas l'homme mais qu'il croit être »...

— *Petit, tu pensais être malade. Est-ce encore le cas aujourd'hui ?*

Pour retrouver mon élan vital, il m'a fallu remettre en question plusieurs idées reçues : pourquoi ne serais-je pas normal ? pourquoi ne serais-je pas naturel ? pourquoi serais-je malade ? Cette dernière question est la plus difficile. Pour la plupart des hétéros, que l'homosexualité soit classée parmi les maladies est une évidence. Certains, au contraire, trouvent politiquement incorrect de nous traiter de malades, mais ils cherchent tout de même les causes de l'homosexualité. Cherchent-ils celles de l'hétérosexualité ? Ils voudraient découvrir le rouage cassé qui nous a fait nous éloigner du parcours modèle de l'hétérosexualité. Depuis le XIXe siècle, deux écoles de pensée s'affrontent, les essentialistes et les constructivistes.

Les premiers ont régné en maîtres de 1870 à 1970. Les psychanalystes ont ouvert le bal avec leur théorie de l'« inversion » et le fameux trio père absent-mère dominatrice et castratrice-enfant efféminé. Les justifications de l'origine psychologique de l'homosexualité s'appuient bien souvent sur les théories de Freud, alors que l'opinion du psychanalyste sur la question est loin d'être évidente. Freud refusait l'idée d'une dégénérescence car il savait que le même argument était utilisé dans les campagnes antisémites. Il s'opposait aussi aux sexologues, car il considérait l'homosexualité comme non pathologique. Sa théorie de la bisexualité originaire l'a conduit à concevoir l'orientation homosexuelle ou hétérosexuelle comme le produit d'une interaction familiale. Ainsi, il refusa toujours d'analyser les homosexuels s'ils ne se plaignaient pas de symptômes névrotiques. Il rejeta également certaines idées comme l'influence de la masturbation dans la genèse de l'homosexualité et milita à plusieurs reprises pour la cause homo. En 1930, par exemple, il signa une pétition en faveur de la suppression du délit d'homosexualité entre adultes dans Code pénal.

Freud évolua au cours de sa carrière. Au départ, il chercha la fameuse cause de l'homosexualité dans le complexe d'Œdipe, la fixation anale ou l'envie pénienne. Dans les dernières années de sa vie, il modifia son discours. La lettre qu'il adressa à une mère américaine fut l'objet de multiples interprétations : « Je crois comprendre d'après votre lettre que votre fils est homosexuel. J'ai été frappé du fait que vous ne mentionniez pas vous-même ce terme dans les informations que vous donnez à son sujet. Puis-je vous demander pourquoi vous l'évitez ? L'homosexualité n'est certainement pas un avantage, mais il n'y a là rien dont on doive avoir honte, ce n'est ni un vice, ni un avilissement et on ne saurait la qualifier de maladie ; nous la considérons comme une variation de la fonction sexuelle, provoquée par un certain arrêt du développement sexuel. » De même, son commentaire à un journaliste en 1905 est obscur : « Les homosexuels ne doivent pas être traités comme des malades, car une orientation perverse est loin d'être une maladie. »

Freud eut une approche tolérante et prudente de l'homosexualité. Ces successeurs ne lui emboîtèrent pas toujours le pas. Les théories actuellement en cours parlent de quatre étapes. D'abord, un arrêt du développement sexuel. Le sujet « normal » abandonnerait le narcissisme, c'est-à-dire son propre corps en tant qu'objet d'amour, pour porter ses affects sur un objet sexuel de l'autre sexe. L'homosexuel, au contraire, choisirait un autre corps qui lui ressemble, donc un objet du même sexe. Ensuite, une première fixation aurait lieu au stade anal, avec sa dichotomie activité/passivité. La défécation prendrait une symbolique particulière, proche de la fausse-couche. Les selles représenteraient la perte de l'enfant entraînant le complexe de castration. La deuxième fixation se situerait au stade phallique. L'angoisse de castration produirait le fantasme de la femme phallique, donc agressive. Dès lors, il serait impossible au sujet de porter son affection sur ce sexe qui l'effraye tant. La dernière étape serait celle du complexe d'Œdipe non résolu. L'angoisse de castration entraînerait une identification inversée : identification à la mère et relation féminine au père. L'ensemble de ces étapes entraînerait un conflit important que le sujet réglerait par son homosexualité.

Ces théories ont été largement critiquées. En 1989, le psychanalyste Robert Stoller déclarait : « Nous avons converti le diagnostic [d'homosexualité] en accusation et dissimulé notre comportement sous ce jargon qui, s'il voile la haine, développe la cruauté.

Le jargon est un jugement. Il est au service de programmes cachés. » Cependant, le concept de maladie reste bien ancré dans les consciences des analystes, comme en témoigne la définition de l'homosexualité dans le *Dictionnaire de la psychanalyse** : « L'homosexualité paraît moins un “vice” de la nature qu'une manifestation de vérité sur les malfaçons que peut souffrir l'accès régulier à la sexualité de l'être parlant », la question est « celle du repérage de la crise psychique qui provoque ordinairement son délaissement au profit d'une image hétérosexuée. »

Par la suite, une série de thèses tentèrent de s'imposer. Les sociobiologistes cherchèrent une programmation génétique. Inspiré par l'étude de I. J. Kalman sur des jumeaux monozygotes, l'hypothèse du gène fut mise à l'honneur. En 1993, l'équipe de Dean Hamer étudia une quarantaine de familles dont plusieurs membres étaient homosexuels et mit en évidence un ensemble de marqueurs sur le chromosome X venant de la mère (Xq28). Pour l'instant, ces travaux n'ont pas été confirmés. Régulièrement, la presse médiatise de nouvelles découvertes aussitôt démenties. L'homosexualité ne fait qu'allonger la liste des gènes à éradiquer, comme ceux de la criminalité, de la dépression, de la schizophrénie ou de l'alcoolisme. Michel Dorais expliquait : « Loin de rassurer les gens, l'explication génétique de l'homosexualité la fait, au mieux, changer de catégorie ou de classification : l'ancienne perversité devient un handicap ou une maladie héréditaire, mais en aucun cas elle ne peut être considérée

* *Dictionnaire de la psychanalyse,* Encyclopædia Universalis-Albin Michel, 2001.

comme normale et c'est, semble-t-il, ce qu'il fallait démonter. »

Les scientifiques ont aussi cherché du côté des hormones, notamment de l'hormone mâle. Trop de testostérone, pas assez, une autre molécule... Tout a été dit et contredit. En 1991, l'équipe de Le Vay lâcha une bombe dans la presse médicale en affirmant qu'« un groupe de neurones, INH-3, serait deux fois plus gros dans l'hypothalamus des homosexuels ». Un peu plus tard, elle rectifia : « deux fois moins gros ». En 1993, Simon Le Vay reconnaissait que sa théorie présentait de nombreuses failles.

Depuis une vingtaine d'années, un nouveau courant s'oppose aux essentialistes. Les constructivistes s'intéressent davantage au « comment » qu'au « pourquoi », et les recherches se focalisent non plus sur les causes de l'homosexualité mais sur celle de l'homophobie. Mary McIntosch et Kenneth Plummer ont ainsi proposé la théorie de l'« étiquetage », qui fait de l'homosexualité le fruit d'une stigmatisation sociale. Partisan de cette théorie, Michel Foucault expliquait les raisons de l'étiquetage par le désir d'une régulation sociale : « Mieux nommer pour mieux normer, le langage structurant le réel. » D'autres chercheurs s'intéressèrent aux mécanismes de la séduction et conclurent à la nécessité d'une complémentarité aussi chez les homos. Le psychologue américain C. A. Tripp écrivait : « Dans leur essence, les gratifications provenant des complémentarités homosexuelles et hétérosexuelles sont identiques. »

Le mystère des sexualités demeure entier. Pendant toute mon enfance, j'ai rêvé que la cause de l'homosexualité soit identifiée pour pouvoir m'en guérir. Aujourd'hui, l'homophobie m'intéresse davantage, et j'aimerais pouvoir dire comme Henri de Montherlant : « On parle de guérir les homosexuels ; il faudrait plutôt guérir ceux qui croient qu'il y a lieu de guérir les homosexuels. » Il m'a fallut vingt-cinq ans pour identifier l'origine de ma souffrance. Il ne s'agissait pas de l'homosexualité, mais de la lutte effrénée que je menais contre elle. Si je devais nommer la pathologie de mon enfance, je parlerais d'homophobie intériorisée. « Pourquoi suis-je homo ? », cela me semble aussi peu intéressant que : « Pourquoi es-tu hétéro ? » Ces deux éventualités me semblent aussi mystérieuses l'une que l'autre. Cela ne me dérangerait pas qu'on trouve un jour une cause scientifique, une nouvelle différence génétique. Après tout, nous avons des XX, des XY, pourquoi pas des XZ ! En revanche, la réaction de la société — de son génie destructeur et de ses apprentis sorciers — me ferait terriblement peur. Une telle découverte pourrait encourager l'eugénisme. Les parents ne pouvant imaginer l'enfant idéal homosexuel, si un médecin demandait à un jeune couple porteur d'un enfant homosexuel s'il souhaite le garder, que répondraient-ils ?

Ma mère pensait que l'homosexualité était incompatible avec le bonheur. Au départ, je n'arrivais pas à lui expliquer pourquoi elle avait tort. Puis je compris enfin non seulement que ma sexualité me convenait, mais en plus m'épanouissait. En lisant les *Nouvelles Chroniques de San Francisco* d'Armistead Maupin, je retrouvai ce sentiment transcrit avec exactitude. Dans une lettre, Michael s'ouvre de son homosexualité à ses parents :

« Je suis désolé, maman. Non pas d'être ce que je suis, mais de ce que tu dois éprouver en ce moment. Je sais ce que c'est, car j'ai subi ce sentiment pendant la plus grande partie de ma vie. Répugnance, honte, incompréhension, rejet dû à la crainte de quelque chose que je savais, même enfant, faire partie de moi, au même titre que la couleur de mes yeux. [...]

Je sais ce que tu dois être en train de penser en ce moment. Tu te demandes : quelle erreur ai-je commise ? Comment avons-nous pu laisser une chose pareille arriver ? Lequel de nous deux a fait de lui ce qu'il est ?

Je ne peux pas répondre à cette question, maman. D'ailleurs je crois que ça m'est égal. Tout ce que je sais, c'est que, si toi et papa êtes responsables de ce que je suis, je vous remercie de tout mon cœur, parce que c'est la lumière et la joie de ma vie.

Je sais que je ne peux pas vous dire ce que c'est qu'être gay. Mais je peux vous dire ce que, pour moi, ce n'est pas de l'être.

C'est ne pas se cacher derrière des mots, maman. Des mots comme *famille, convenances* ou *chrétienté.* C'est ne pas avoir peur de son corps ou des plaisirs que Dieu a créés pour lui. C'est ne pas juger son voisin, sauf s'il est grossier ou antipathique.

Être gay m'a enseigné la tolérance, la compassion et l'humilité. Cela m'a montré les possibilités illimitées de l'existence. Cela m'a fait connaître des gens dont la passion, la gentillesse et la sensibilité ont été pour moi une constante source d'énergie.

Cela m'a fait entrer dans la grande famille de l'Humanité, maman. Et cela me plaît. J'y suis bien. »

— *Toi qui es issu d'une famille catholique pratiquante, quel est ton rapport avec Dieu à présent ? Comment réagis-tu quand l'homosexuel est taxé d'« amoral » ?*

Ma vision de la religion a évolué avec le temps. Petit, je m'adressais à Jésus comme à un confident et la religion me permettait de canaliser mes angoisses sur une idée unique, donc plus facile à gérer, ma perversion. La religion elle-même m'inspirait une telle conception de moi-même. Je me souviens par exemple de l'horreur que m'avait inspirée la lecture du nouveau catéchisme de l'Église catholique. Enfermé dans ma chambre, je m'étais précipité sur l'index thématique. Article 2357, « Chasteté et homosexualité » : « (...) S'appuyant sur les Saintes Écritures, qui les présentent comme des dépravations graves, la tradition a toujours déclaré que "les actes d'homosexualité sont intrinsèquement désordonnés". Ils sont contraires à la loi naturelle. Ils ferment l'acte sexuel au don de la vie. Ils ne procèdent pas d'une complémentarité affective et sexuelle véritable. Ils ne sauraient recevoir d'approbation en aucun cas. Elle constitue pour la plupart d'entre eux une épreuve. Ces personnes sont appelées à réaliser la volonté de Dieu dans leur vie, si elles sont chrétiennes, à unir au sacrifice de la Croix du Seigneur les difficultés qu'elles peuvent rencontrer du fait de leur condition. Les personnes homosexuelles sont appelées à la chasteté. Par les vertus de maîtrise, éducatrices de la liberté intérieure, quelquefois par le soutien d'une amitié désintéressée, par la prière et la grâce sacramentelle, elles peuvent et doivent se rapprocher, graduellement et résolument, de la perfection chrétienne. » Je me saisis de la Bible pour vérifier si les références citées étaient si terribles. Le célèbre épisode de Sodome et Gomorrhe, l'Épître aux Romains, la Première Épître aux Corinthiens et la Première Épître à Timothée. À la fin de mes lectures, il me paraissait évident que j'étais un dépravé voué aux flammes de l'Enfer et qu'il me faudrait faire d'immenses sacrifices si je voulais être sauvé. Il m'était impossible de relativiser, de me dire que ces textes avaient été écrits il y avait plusieurs siècles dans un contexte particulier, qu'ils avaient ensuite été traduits plusieurs fois dans d'autres contextes, et que finalement il ne restait plus grand-chose du message originel. J'adhérais totalement à la vision apocalyptique de l'homosexualité. Je continuais de me rendre à la messe chaque dimanche, me plaçant au fin fond de l'église pour me faire oublier. Par la suite, je me rendis compte de l'énorme décalage entre les discours de l'Église et la réalité homosexuelle. Le jour où je déclarai à mes parents ne pas vouloir les accompagner à la messe, ils furent très déçus. Mon père me dit que je lui faisais « beaucoup de peine ». J'expliquai que je ne voulais plus aller à la messe uniquement pour leur faire plaisir. Ce jour-là, je cassai quelque chose entre nous. Plus tard, je me détachai complètement de la religion, et même je gardai envers elle une certaine rancœur. Elle m'a fait croire qu'un seul accès au bonheur était possible, et que cet accès passait par la culpabilité et la négation de soi.

— *Comment expliques-tu le décalage entre « les discours de l'Église » et « la réalité homosexuelle » ?*

Les relations sexuelles entre hommes sont décrites non seulement en dehors de l'amour, mais en plus dans l'irrespect des partenaires l'un pour l'autre.

L'homosexualité suscite des fantasmes de sadomasochisme, d'infidélité ou de fétichisme. Je comprends difficilement ces représentations. Chacun sait que la sodomie, l'infidélité ou le sexualité « débridée » ne sont pas l'apanage des gays.

En associant de façon indéfectible couple et procréation, l'Église exclut du même coup tout couple stérile. D'un côté, on reproche aux homosexuels de ne pas avoir d'enfants, de l'autre, on leur reproche leur désir d'en avoir.

Élisabeth Badinter expliquait que « la médicalisation de l'homosexualité aurait dû la protéger des jugements moraux. Il n'en fut rien. La problématique des "perversions" permit toutes les ambiguïtés. On ne distingue pas la maladie du vice, le mal psychique du mal moral. Un consensus s'est opéré pour stigmatiser ces hommes efféminés incapables de se reproduire ! En Angleterre comme en France, les attitudes anti-homosexuelles sont liées à la crainte du déclin de l'empire et de la nation ».

— *Souhaites-tu avoir des enfants ?*

Je n'ai actuellement aucun désir de paternité ; d'autant moins que j'adore le couple. Avec la venue de l'enfant, le couple meurt pour donner naissance à la famille. Couple et famille sont deux états différents, avec leur lot de bonheurs, de malheurs, de facilités, de difficultés. Notre vie de couple nous garantit un bonheur inconditionnel. Notre amour existe par lui-même et n'est soutenu ni par la reconnaissance sociale, ni par celle que donnent les enfants. Il est vulnérable, mais il n'en est que plus beau.

— *Ne penses-tu pas que ton couple puisse être qualifié d'égoïste ? Et n'est-ce pas excessif de parler de mort du couple avec la naissance de la famille ? Puisque le couple est si beau, pourquoi les homosexuels demandent-ils une reconnaissance sociale dans tous les domaines ?*

Mon couple est égoïste ? Certainement, comme tous les couples et comme tant de familles qui ne sacrifient aucune liberté pour s'occuper de l'extérieur. L'égoïsme partagé, à deux ou à cinq, reste de l'égoïsme. Après tout, les enfants ne sont que le fruit de l'égoïsme de parents répondant à leur désir d'enfant.

Il faut choisir entre le couple et la famille, car il est impossible de vivre de la même manière dans un couple et au sein d'une famille. S'il en avait le droit, un couple gay choisirait avec l'adoption de faire mourir son couple pour donner naissance à un nouveau modèle familial.

Il existe une vraie revendication de la communauté gay ; et si tout ne me convient pas, je trouve normal que nous ayons le choix. Ce n'est pas parce que le P.A.C.S. existe que je vais me pacser ; mais je peux le décider si j'en ai envie. C'est un cadre de vie possible. L'homoparentalité déchaîne les passions. « De quel droit les homosexuels revendiquent-ils un droit à l'adoption ? » « Arrêtons de parler du droit des parents, parlons des droits de l'enfant ! » Voilà ce qu'on entend.

Je n'ai pas d'opinion sur le bien-fondé de l'adoption d'un enfant par un couple homosexuel. J'attends les résultats des premières études sur une longue période. Cela dit, je trouve malhonnête d'aborder le débat sans remettre en cause le principe selon lequel un enfant ne pourrait s'épanouir qu'entre un papa et une maman. Surtout dans une société où le nombre des divorces est supérieur au nombre des mariages, où les familles recomposées sont banalisées, où un enfant peut parler de son père et de son père bio. Qu'il faille un papa et une maman pour concevoir un bébé, c'est évident. Que ce papa et cette maman s'entendent et chérissent cet enfant pendant vingt ans, voilà un modèle idéal, certes. Mais que ce papa et cette maman soient indispensables au développement de l'enfant, cela reste à débattre. Que décider aujourd'hui pour tous ces couples qui ne peuvent avoir d'enfants ? Comment faire avec tous ces enfants abandonnés ? C'est le grave problème de l'adoption.

Tout en n'étant pas particulièrement pro-homoparentalité, je ne veux pas me voiler la face en me disant que ces deux problèmes n'ont rien à voir.

Reprenons la phrase que prononcent ceux qui s'opposent à l'homoparentalité : « Il est évident que pour se construire et s'épanouir, un enfant a besoin de s'identifier à un papa et à une maman. » D'abord, la loi leur donne tort, puisque la loi sur l'adoption octroie le droit à une femme seule d'adopter. Encore récemment, un fait divers rapportait l'histoire de deux lesbiennes qui étaient allées au tribunal après un refus d'adoption. Il leur a été déclaré que, certes, elles formaient un couple équilibré et possédaient le potentiel d'accueil pour élever un enfant, mais elles étaient lesbiennes, et c'était fort dommage ! Si l'une d'elles avait fait la demande de son côté, en tant que célibataire, l'adoption aurait probablement été possible !

La société est allée trop loin, la bataille est déjà dépassée : une personne seule peut élever un enfant.

Pour s'épanouir, un enfant a-t-il absolument besoin de son père et de sa mère biologiques ? L'enfant utilisant des symboles pour se construire, l'image paternelle peut être représentée par un père adoptif, mais aussi un oncle, un grand-père, un frère, tout homme en général. Si les couples gays ne pratiquent pas de sexisme pervers et lui offrent la possibilité de rencontrer des hommes et des femmes, pourquoi l'enfant ne s'identifierait-il pas comme les autres à chacun des deux sexes ? Pourquoi son parcours le conduirait-il automatiquement à l'échec ? Pourquoi deviendrait-il obligatoirement homosexuel ? Je rappelle que l'homosexualité n'est pas un virus, et qu'on peut parfaitement cohabiter avec un homosexuel sans le devenir. Mais même s'il l'est, ce n'est pas un échec, s'il le vit bien.

Le véritable problème d'un enfant élevé par un couple gay serait plutôt le qu'en-dira-t-on, les violences à l'école ou dans le voisinage. Bref, encore une fois, l'homophobie. Ne devrait-on pas combattre l'homophobie plutôt que l'homosexualité ?

J'entends souvent dire : « Il faut arrêter de revendiquer le droit d'être parents et penser un peu aux droits des enfants. » N'est-ce pas tout bonnement de l'hypocrisie ? L'égoïsme est présent dans tout désir d'enfant, que ce soit chez des parents naturels, adoptants, ou encore chez une femme célibataire ou un couple de gays. Quand on a cette chance formidable de pouvoir procréer, le désir d'enfant semble totalement justifié. Quand on est un couple adoptant, c'est déjà plus compromis : l'obsession peut prendre le pas sur la raison, dit-on. Chez la femme célibataire, c'est suspect, voire choquant. Quant aux gays, leur désir et leur demande sont d'emblée scandaleux et déplacés...

— D'autant que si désordre social il y a, deux éléments sont à noter. Depuis trente ans, toutes ces familles recomposées n'ont pas attendu l'explosion gay pour désorganiser les schémas initiaux et réinventer de nouvelles formes de familles. La société doit alors faire face à un grave problème : soit elle réorganise ces nouvelles familles en acceptant tous ceux qui veulent y participer ; soit elle fait la sourde oreille et s'enfonce dans le non-dit ; soit elle lutte contre ces nouvelles familles et leur refuse les cadres et les moyens leur permettant d'élever le mieux possible les enfants. De toute façon, ces familles existent et trouveront le moyen d'exister. Cette lutte ne pourrait donc se faire qu'au détriment de l'enfant.

Les couples gays sont peut-être des « couples stériles », mais ne sont pas victimes de stérilité individuelle. La possibilité d'avoir des enfants existe. En luttant contre la légalisation de l'homoparentalité, on risque uniquement de priver des parents des moyens sociaux de bien élever leur enfant. Lutter contre l'homoparentalité, n'est-ce pas lutter contre l'enfant ?

Je ne sais pas si un enfant pourrait s'épanouir au sein de notre couple. Je ne peux pas répondre, et pour l'instant je ne suis pas prêt à prendre le risque d'accueillir un enfant dans un foyer au sein d'une société encore si hostile. Je voudrais poser une question aux opposants : comment assument-ils la violence faite aux enfants déjà nés de couples homosexuels ? Considèrent-ils que, de toute manière, c'est une génération gâchée, ou les ont-ils tout simplement oubliés ? Comment peut-on revendiquer des droits pour certains enfants et exercer un harcèlement moral sur d'autres, tout aussi innocents ?

Mon rêve serait de vivre dans une société qui respecte l'enfance. Une société où les enfants gays puissent évoluer librement avec des repères identificatoires positifs. Une société où un petit garçon pourrait aimer un autre petit garçon gay dans la cour de recréation, et jouer avec ses petits camarades sans se soucier des brimades. Une société où un enfant ne serait plus obligé d'avouer son homosexualité comme un péché ou une faute, mais où il pourrait aimer, tout simplement.

Remerciements

Mes remerciements vont avant tout à Steeve, Matéo et Julian.

Ce livre n'aurait pas pu voir le jour sans l'aide de Mathilde et d'Emmanuelle.

Je remercie également Claire, Aude, Sonia, Luc et Matthieu, qui ont relu le manuscrit et l'ont enrichi de leurs précieux conseils.

Merci à Nicole et Patrice pour leur aide logistique.

Merci à Antoine et Sébastien d'avoir accepté de poser pour moi.

Merci à Nathalie, Cyril, Didier, Guillaume, Romain et Philippe pour leur soutien constant.

Gonzague

Je remercie particulièrement mon cousin Stéphane pour son précieux soutien et ma sœur Bénédicte pour sa lecture attentive du manuscrit.

Je remercie également F., l'homme de ma vie, qui, depuis bientôt quinze ans, m'encourage à écrire et qui, pendant la rédaction de ce manuscrit, a eu la patience de m'écouter et de me laisser travailler.

Brigitte

Table

Cet ouvrage, composé par Nord Compo,
a été achevé d'imprimer sur Roto-Page
par l'Imprimerie Floch à Mayenne,
pour les Éditions Albin Michel
en mai 2002.

N° d'édition : 20668.
N° d'impression : 54319.
Dépôt légal : juin 2002.
Imprimé en France.